Über dieses Buch

«Bellocs Wahrheit ist nackt, nicht literarisch eingekleidet. Seine Sätze beschränken sich auf das Wesentliche – ohne Wesens davon zu machen. Da ist nur die Straße, die Bar, die Absteige, flüchtiges Aufeinandertreffen – Begegnung wäre schon zuviel gesagt – mit Kunden, mit ähnlich Geschlagenen. Gefühle, auch solche der Wut, der Trauer, sucht man lange. Es dominiert das ganz kreatürliche, das stärker schlagende Herz, die Leere im Bauch, die Bewußtlosigkeit... Belloc fabriziert keine negative Erbauungsliteratur. Sein Protokoll eines Lebens, das praktisch einer Art Totenstarre verfallen ist, gehört zu den großen Dokumenten menschlicher Grenzerfahrung. Belloc hat sie überlebt.»

(Badische Zeitung)

Denis Belloc, geboren 1949 in La Rochelle, lebt als Maler und Schriftsteller in Paris. «Neon» ist seine erste Veröffentlichung. Sein zweites Buch «Suzanne» erzählt die Geschichte seiner Mutter, der «Sie» aus «Neon». «Päckn», sein dritter Roman, spielt unter Drogenstrichern.

Denis Belloc

NEON

Roman

Aus dem Französischen
von François Guesnet
und Ulrich Hartmann

rororo

Rowohlt

Veröffentlicht im Rowohlt Taschenbuch Verlag GmbH,
Reinbek bei Hamburg, September 1995
Titel der französischen Originalausgabe: Néons

Übersetzung: François Guesnet und Ulrich Hartmann
Umschlaggestaltung: Walter Hellmann
Satz: Iridium (Linotronic 500)
Gesamtherstellung: Clausen & Bosse, Leck
Printed in Germany
990-ISBN 3 499 13624 4

Neon

A Yves Lemoine,
Jaques Blanchier,
Jeannine Esteso.
Pour les vies offertes.

Der Spanier

Ich erinnere mich an nichts: sie hat es mir erzählt.

Sie hat gesagt: «Er war groß und stark, mit schwarzen, ganz krausen Haaren; er war wirklich ein schöner Mann. Er hieß Joseph, aber man nannte ihn Jojo.

Wir haben uns kennengelernt, da war ich fünfzehn und er neunzehn. Er war Bäcker, aber sein Herz gehörte dem Boxen. Er war Amateursportler und mit achtzehn sogar Regionalmeister vom Poitou, aber schon damals hat er viel getrunken. Er hat gesoffen, seit sie ihm Rotwein in die Milch gemischt haben.

Seine Eltern waren Säufer und seine Großeltern genauso. Wenn er voll war, grölte er: ‹Bin nix als 'n Bastard!› und ging zu seiner Mutter, um ihr ein bretonisches Lied vorzusingen, immer dasselbe:

Vom Morbihan zum Finistère
Gibt's Nutten grad wie Sand am Meer.

Er wußte nicht genau, wer sein Vater war.

Und dann habe ich deinen Bruder Alain bekommen und dich zwei Jahre später. Na ja, gearbeitet hat er nie, er verbrachte seine Tage in den Kneipen von La Rochelle, und wenn er abends nach Hause kam, hatte ich Mühe, ihn die Treppe raufzukriegen und dann ins Bett zu schaffen, lang wie er war. Morgens erinnerte er sich an nichts.

Eines Tages ist er mit nacktem Oberkörper heimgekommen, mitten im Winter. Er hatte seine Sachen verkauft, um die Zeche zu bezahlen.»

Sie hat gesagt: «Ich weiß nicht, ob er an diesem Abend im Juli 1951 getrunken hatte, aber über der Kirmes lag dieser Duft von Nougat und der Geruch vom Pulver des Liebesbarometers und der Gestank vom jonglierenden Seehund, du kennst das, und dann die alten Schlager und das Heulen der falschen Sirenen.

Der Schwarze hat sich vorne an die Rampe gestellt und gesagt: ‹Kommen Sie ruhig ran, fühlen Sie meine Muskeln. Ich nehme es mit jedem auf, wer will mit mir boxen?› Und Jojo hat gesagt: ‹Halt mal meine Jacke, ich mach's!›

Ich bin also ins Zelt gegangen, wie die anderen auch. Es war sehr heiß. Jojo war im Boxdreß, wie früher tänzelte er, um warm zu werden.

Ich erinnere mich, es waren Kinder da, die schrien: ‹Los, der Weiße vor, gib's ihm!› Ich wußte, daß er glücklich war, wieder das Sägemehl im Ring unter seinen Füßen zu spüren. Er hat die erste Runde gewonnen, doch am Ende der zweiten habe ich dann gesehen, wie die Faust des anderen ihn am Hinterkopf getroffen hat. Er ist zu Boden gegangen, taumelnd noch einmal hochgekommen, das Blut schoß ihm aus der Nase, schließlich kam der Gong, und ich bin hingerannt, um ihn zu halten.

Wir sind zurück nach Hause, unterwegs hat er sich auf mich gestützt und gesagt: ‹Komisch, ich kann nicht mehr.› Er hat sich vor eine Tür in der Rue des Ménages gesetzt, dann sind Leute vorbeigekommen, und er ist wieder aufgestanden und hat gesagt: ‹Komm, sonst hält man mich noch für einen Besoffenen.› Um die drei Stockwerke in der Rue de La Rochelle zu schaffen, mußte er auf jeder Stufe stehenbleiben. Die Nacht war furchtbar. Um sechs Uhr fing er an zu röcheln, seine ganze rechte Seite war gelähmt.»

«Er ist ins Koma gefallen und zwölf Stunden später im Krankenhaus gestorben. Er war fünfundzwanzig.»

Und ich anderthalb. Was er mir an diesem Abend im Juli 1951 angetan hat, habe ich ihm nicht verzeihen können. Ich habe gedacht: Du hast mir nichts hinterlassen als die vergilbten Fotos. Da ist nur Leere. Du bist nur ein Scheißkerl von Drückeberger, und ich hasse dich.

Ich lehne an einem Brunnen im Hof eines Bauernhauses in Sainte-Soulle. Da ist eine dicke Frau in schwarzen Kleidern und mit schwarzen Haaren, die sie zu einem Knoten gebunden hat. Neben ihr steht ein sehr großer und hagerer Mann mit einer Schirmmütze. Das ist Père Michaud, der Mann von der Dame in Schwarz. Mama sagt: «Habt keine Angst, ihr werdet sehen, es wird euch gefallen hier bei Nounou, außerdem kommen noch andere Kinder zum Spielen. Ich besuche euch jeden Donnerstag.»

Ich bin drei Jahre alt. Ich halte die Hand von Alain ganz fest.

Da sind Jacky und seine Schwester Danielle. Sie sind an einem Abend im Winter mit ihrem Bündel von der Fürsorge gekommen, und dann Raoul, an einem Nachmittag im Sommer. Er hat sein Bündel fallen lassen und ist schnell weggerannt. Er hat sich hinter einem Sandhaufen zwischen Gemüsegarten und Hühnerhof versteckt. Wir sind hinter ihm hergelaufen, Nounou, Jacky, Danielle, Alain und ich. Vor dem Sandhaufen sind wir stehengeblieben, aber nicht zu dicht dran, und Nounou hat gerufen: «Raoul... Raoul... komm, Raoul, hab keine Angst...»

Es hat lange gedauert, sie wußte nicht mehr, was sie sagen sollte, da hat sie «putt-putt, putt-putt» gemacht, als ob sie ein Huhn fangen wollte, um es zu schlachten, und dann hat sie gepfiffen. Chouquette, der Hund, kommt immer, wenn man pfeift. Aber Raoul nicht. Da sind wir zurück ins Haus gegangen und haben uns um den Tisch gesetzt. Am Ende von der Bank, nahe bei der Tür, haben wir einen Platz frei gelassen und gewartet. Als es dunkel wurde, hat er die Tür aufgemacht und sich hingesetzt, ohne ein Wort zu sagen.

Alain spielt mit Jacky. Raoul verkriecht sich und kauert stundenlang in einer Ecke der Waschküche. Danielle ist meine Braut.

Zusammen essen wir Kartoffelsuppe.

Es kommt vor, daß wir mit der Eselsmütze auf dem Kopf und dem Heft mit der tintenbekleckststen Seite auf der Brust die Dorfstraße entlanglaufen. Sonntags schauen wir Nounou zu, wie sie Hühner oder Kaninchen schlachtet. Père Michaud spricht nicht. Niemals.

Danielle und ich, wir heiraten eines Sonntags in der

Scheune. Ich lege ihr ein Stück weißen Stoff auf den Kopf. Alain und Jacky halten jeder einen Zipfel von der Schleppe. Raoul beobachtet uns, sitzt in einer Ecke. Wir gehen langsam in der Scheune einmal im Kreis herum. Danielle hat ihre Puppe Caroline unter dem Arm behalten. Ich sage zu Danielle: «So, jetzt sind wir richtig verheiratet. Du mußt mir einen Kuß geben.» Da reibt sie ihre Lippen an meinen. Ich nehme Caroline in meine Arme und sage: «Jetzt bin ich dein Vater.»

Und ich warte auf die Donnerstage.
Ich liege auf der Lauer.

Sie kommt mit dem Fahrrad. Sie trägt immer dasselbe Kleid mit dem großen Blumenmuster und bringt in ihrem Korb Fisch, den sie im Hafen von La Rochelle gekauft hat, und außerdem Bonbons, die sie an alle verteilt, auch an die drei anderen.

Sie versteckt sich hinter den Bäumen von Sainte-Soulle, ich sehe ihr Blumenkleid nicht mehr, ich glaube, daß sie weg ist, also heule ich. Sie lacht schallend, küßt mich ab und sagt: «Mama liebt dich.»

Ich mag dieses Spiel nicht. Ich will nie, daß sie wieder geht.

Nur in Paris gibt es Spezialisten für die Krankheit, die ihr die Muskeln im linken Arm zerstört. Also fahren wir mit dem Zug nach Paris. Das Geräusch vom Zug gefällt mir. Ich lege meine Beine auf ihre und meinen Kopf auf die

Schenkel von einem Soldaten. Sie sagt: «Das stört den Herrn bestimmt.» Er antwortet: «Nein, nein, lassen Sie ihn ruhig.»

Ich denke nicht mehr an Danielle und Caroline. Der Mann hat einen Geruch, den ich nicht kenne. Mir geht es gut.

Ich glaube, ich bin fast sieben Jahre alt.

Es gibt keine Bäume mehr, hinter denen sie sich verstekken kann, es gibt einen Spülstein in einer Ecke und eingebaute Klappbetten, und um pinkeln zu gehen, muß man auf das Klo im Treppenhaus, aber wenn auch noch das Sofa ausgeklappt ist, kann man nirgendwo mehr hintreten.

Ich sehe ihr zu, wie sie die Vorhänge säumt für das einzige Fenster von dem vier mal vier Meter großen möblierten Zimmer in dem Mietshaus Rue du Père-Corentin, nahe der Porte d'Orléans. Ich warte, aber sie redet nicht, sie ist zu beschäftigt, und da ist ein Fremder in diesem Zimmer, ein Spanier, ich kenne ihn ein bißchen, von zweioder dreimal in La Rochelle. Er war Jojos Freund, und ich mochte Jojos Freund nicht. Wegen ihm durfte ich auf der Kirmes nicht Karussell fahren, weil ich etwas Freches zu Mama gesagt hatte. Na und?

Er ist viel älter als sie und kahl und untersetzt. Er hat ständig eine Baskenmütze auf dem Kopf. Sie heiraten an einem Sonntag. Sie tragen eine weiße Plastikblume im Knopfloch.

Ich bin sieben Jahre alt.

Der Spanier trinkt nicht aber er furzt laut in die Laken auf dem Sofa und ißt im Sommer und im Winter Nudelsuppe mit einem Maggiwürfel und wir auch und ich hasse Nudelsuppe-mit-einem-Maggiwürfel und wenn er von der Arbeit von der Baustelle kommt sagt er nichts – er pflanzt seinen Hintern auf einen Stuhl, immer auf den gleichen Platz, und liest die *Humanité*.

«Arme runter von der Tiss tu deine Arme 'och dein Löffel su Mund gen und nich Mund su Löffel nich laut bei essen und nich sprechen du nich in Bett gehen bis Teller leer sein sag auf deine 'ausaufgaben daß ich weiß daß du auswendig kennen du nich in Bett gehen wenn du nicht auswendig kennen», und er ist ziemlich laut, wenn er seine Suppe ißt, und hat die Ellbogen auf dem Tisch und rülpst, wenn er fertiggegessen hat.

Ich sage: «Ich mag keine Nudelsuppe und kann meine Aufgaben nicht.» Er antwortet: «'alt deinen Maul.» Aber ich halte es nicht. Sie sagt: «Widersprich deinem Vater nicht», und ich denke: Scheiße, das ist nicht mein Vater, das ist nur ein Fremder. Warum sagst du immer: «Dein Vater»? Und der Spanier sagt: «Puta de la madre de dios!» Dann weiß ich, daß es Prügel gibt. Er wird knallrot und fängt an zuzuschlagen, sehr fest, mit seinen Fäusten, seinen Füßen, seinen Schuhen oder seinem Gürtel. Es tut verdammt weh, ich brülle; ich weiß, daß er es nicht gern hat, wenn ich brülle, wegen der Nachbarn. Also schlägt er noch fester zu, damit ich meinen Mund halte, und ich flüchte mich in das Klappbett, weil die Dekken die Schläge abschwächen, und denke ganz fest: Komm nur, ich spüre nichts, du tust mir nicht mal weh, ich hasse dich, Scheißkerl! Er hört auf, erschöpft. Ich brülle weiter, ich will als letzter brüllen, er nimmt mir das Essen weg. Das ist mir egal. Ich mag nicht neben ihm sitzen, er kotzt mich an.

Und ich mag keine Nudelsuppe.

Manchmal sagt sie: «Es reicht, hör auf! Und du, hör auf zu brüllen!», aber ich verstehe nichts. Sie schreit nicht so laut wie ich.

Die Schule in der Rue Prise-d'Avesne ist öde. Ich zeichne auf meine Hefte und Bücher Gesichter und Körper von Frauen. Das Zimmer im Mietshaus ist düster. Es riecht oft nach Kartoffeln und an manchen Sonntagen nach Kaninchen.

Alain lernt seine Aufgaben auswendig und ißt seine Suppe. Er hält die Leere aus und schweigt.

Der Spanier will ein eigenes Kind, deshalb macht er sie voll. Sie wird nun dick und rund, ist ständig müde, und eines Tages schlägt sie mich. Daß sie das tut, ist normal, aber an diesem Tag schlage ich zurück. Ich versuche ihren Bauch zu treffen.

Es ist ein Mädchen. Er nennt sie Adoracion, nach seiner Mutter, und ich sage: «Das ist vielleicht ein Name. Aber sie ist sowieso nicht meine Schwester, wir sind nicht vom selben Schwanz!»

Und ich habe einen Sohn, mit dem ich laut rede. Wir leben auf dem Klo im Treppenhaus, und an den Klowänden sind Schubladen in allen Farben. Mein Sohn heißt Michel, ich weiß nicht, warum gerade dieser Name, aber ich sage: «Tag, Michel, warst du heute fleißig? So so, eine Eins in Rechnen, sehr gut, lieber Michel. Ein Fahrrad willst du? Ich habe dir doch gestern eins geschenkt. Scheiße, hast du das schon kaputtgemacht? Na gut, dann nimm eine Million aus der blauen Schublade und kauf ein blaues Fahrrad, aber kein rotes. Und hier sind noch hundert Millionen, damit du dir ein Haus kaufen kannst. Geh jetzt, bis morgen, und paß auf die Autos auf.» Manchmal schimpfe ich ihn aus: «Du bist heute nicht brav gewesen. Wenn du so weitermachst, kriegst du keine Geschenke mehr. Na gut, ich verzeihe dir.» Michel und ich verbringen Stunden miteinander. Bei uns zu Hause. In der Klo-im-Treppenhaus-Straße.

Sie beugen sich über die Wiege, die zwischen dem Klappbett und dem Sofa zuviel Platz wegnimmt. Ich wische mit meiner Backe über die beschlagenen Scheiben.

Draußen gibt es nichts zu sehen.

Und auf die Wände mit den Schubladen in allen Farben schreibe ich mit weißer Kreide in großen Buchstaben:

ICH BIN NEUN
PAPA IST EIN ARSCH

Ich schwöre: Heute abend gehe ich nicht nach Hause. Ich laufe weg. Es ist meine erste Neon-Nacht zwischen der Porte d'Orléans und Montparnasse. Ich weiß nicht, wo ich hingehe, ich laufe einfach, um wegzukommen, ich folge den Lichtern. Meine Schultasche ist schwer, sie wird mir lästig, mir ist kalt, und ich habe ein bißchen Hunger. Ich stelle mir vor, wie es ist, wenn man hinter diesen erleuchteten Fenstern wohnt und nicht in einem möblierten Zimmer in irgendeinem Mietshaus.

Das ist wie ein Traum mit offenen Augen. Ich denke nicht mehr an die Schläge von dem Spanier, und spätnachts setze ich mich vor eine Tür in der Rue Delambre, meine Schultasche auf den Knien. Ich will ein bißchen schlafen. Jemand, der vorbeigeht, fragt: «Hast du dich verlaufen?» Ich antworte: «Nein, ich bin abgehauen.» Er sagt: «Komm, deine Eltern suchen dich bestimmt schon.» Er nimmt mich bei der Hand und bringt mich aufs Polizeirevier.

Der Polizeibeamte gibt mir eine Ohrfeige und sagt: «Kleiner Scheißer!» Ich weine nicht. Ich will nicht weinen. Sie ist da.

Sie sagt: «Das geschieht dir recht! Kannst du dir überhaupt vorstellen, was wir uns für Sorgen gemacht haben? Alle Reviere habe ich abgeklappert. Was geht bloß in deinem Kopf vor?»

Ich antworte nicht, mir ist alles egal, ich mache mir keine Sorgen, und in meinem Kopf geht nichts vor. Da ist nur ein großes Nichts.

Zu Hause warte ich, daß etwas passiert, aber der Spanier sagt nichts. Er prügelt nicht, um so besser, ich wäre am nächsten Morgen wieder abgehauen.

Sie sagt zu dem Spanier: «Er hat den Teufel im Leib, er muß zum Psychiater. Vielleicht biegt der ihn wieder zurecht.» Also bringt sie mich jeden Donnerstag hin. Er sagt: «Zeichne doch mal was», und ich zeichne Körper und Gesichter von Frauen. Er fragt, und ich antworte: «Ich mag meinen Vater nicht, außerdem ist er gar nicht mein Vater, er ist nur ein Fremder.» Er fragt: «Hättest du gerne einen Revolver, um damit zu spielen?», und ich antworte: «Ja, aber sie will mir bestimmt keinen kaufen.» Schließlich sagt er zu ihr: «Sie können sich überlegen, ihn in einem Heim unterzubringen. Seine Beziehung zu ihrem Mann...»

Sie hat zu dem Spanier gesagt: «Es ist nicht zu glauben, er erzählt dem Psychiater einfach irgendwas», und hat mich donnerstags nicht mehr hingebracht.

In den Sommerferien fahren wir nach Sainte-Soulle («Die Luft wird euch guttun»). Ein Wiedersehen mit dem Bauernhof und seinem Brunnen (ich habe Angst vor dem Brunnen), Jacky, Danielle und Raoul, der sich nicht mehr so oft versteckt. Er betrachtet stundenlang die Dahlien im Garten.

Danielle wird bald neun. Sie bringt mir Stricken bei. Jacky behandelt mich wie ein Mädchen. Ist mir egal. Ich mag nicht Cowboy und Indianer spielen, Alain und er wollen immer gute Sheriffs sein, und ich muß immer den dreckigen Indianer spielen. Ich stricke lieber einen Schal für Danielle. Zwischen zwei rechten Maschen sprechen wir über ihr letztes Kind, Georges: Schläft er gut? Trinkt er brav sein Fläschchen? Er pinkelt doch nicht ins Bett? Ist er brav? Ja, ja, er ist brav. Verflixt, jetzt ruft sie mich zum Lesenüben.

Das Buch liegt aufgeschlagen auf dem Tisch. Danielle kann nicht gut lesen, deshalb gibt Nounou ihr ein paar Ohrfeigen. Sie wehrt die Schläge mit den Händen ab. Nounou bindet ihre Hände hinter dem Stuhl fest und macht ihr einen Pferdeschwanz, damit die Backen frei sind. Danielle brüllt, Jacky spielt im Hof, Raoul hockt bei den Dahlien. Nounou mag Danielle nicht. Ich weiß nicht, warum.

Caroline ist nur noch ein Lappen, sie liegt in einer Ecke der Scheune, dort, wo Raoul sich bei unserer Hochzeit hingesetzt hatte.

Sie sagen nicht mehr «Nounou», sie sagen «Mama».

Zwei Monate lang war sehr schönes Wetter. Unsere Backen sind rot, wir haben zugenommen. Sie erwartet uns an der Gare d'Austerlitz.

Der Spanier wartet in der Rue du Père-Corentin.

Er hat sich auf einer Baustelle das Handgelenk gebrochen. Ich bin froh, drei Monate lang hat er nicht prügeln können. Die Muskelkrankheit in ihrem linken Arm geht von Medikamenten nicht weg, man muß operieren und die Muskeln rausnehmen. Ich glaube, daß sie starke Schmerzen hat. Die Chinesin aus dem zweiten Stock bringt sich um. Ich begegnete ihr manchmal, wenn ich zu Michel ging, dann lächelte sie und sagte: «Tag, Kleiner!» Wir wußten nichts über sie, außer daß sie allein lebte und arm war. Mohammed ist auch verschwunden. Er wohnte mit anderen Algeriern in einem winzigen, heruntergekommenen Verschlag im Hof vom Mietshaus, und wenn sie Crêpes machte, sagte sie zu ihm: «Komm, Schnauzbart, iß eine Crêpe!»

Er redete nicht, und wenn er gegessen hatte, lächelte er, was soviel wie danke hieß. Er war alt und schön mit seinen sehr blauen Augen, dem silbergrauen Haar und dem dicken Schnurrbart, der ihm bis ans Kinn reichte. Und an der Hauswand stand in schwarzen Buchstaben:

O A S

Sie sind in einer Nacht wie jeder anderen gekommen und haben Schnauzbart abgeholt. Der Spanier hat in der Zeitung gelesen, daß Schnauzbart sich umgebracht hat, er hat sich in Vincennes vom Turm gestürzt.

Es kommt ein Weihnachten ohne Spielzeug, ein Weihnachten nur mit Mandarinen.

Ich frage sie: «Was hab ich da am linken Arm?» Sie sagt: «Das ist eine Hautverpflanzung, du hast dich verbrüht, als du ein Baby warst. Da hat der Chirurg ein Stück Haut von deinem Oberschenkel genommen und es dir auf den Arm verpflanzt. Den Arm hat er mit zwei Leisten geschient. Aber dieser Idiot hat die Schiene zu früh entfernt, und in der Beuge ist die Haut so zusammengewachsen, daß du den Arm nicht mehr strecken konntest. Ich bin zu dem Chirurgen gegangen, es war der, der bei Jojo die Autopsie gemacht hat (‹Was ist eine Topsie?› – ‹Das erklär ich dir später.›), und hab zu ihm gesagt: ‹Mein Sohn muß operiert werden, damit er seinen Arm wieder strecken kann.› Und der Chirurg hat gesagt: ‹Gut, ich werde die Verwachsung aufschneiden, das ist eine Kleinigkeit, das mache ich ohne Narkose, Jungs in dem Alter spüren keinen Schmerz›, da bin ich aufgesprungen, hab ihm eine geklebt und geschrien: ‹Sie betäuben meinen Sohn!› und bin raus und habe die Tür zugeknallt. Er hat ohne Narkose operiert, aber wenn er mich auf der Straße sah, ist er auf die andere Seite gegangen. So, und deshalb kannst du heute deinen Arm gerade machen.»

Mein Arm sieht aus wie eine Landkarte. Er ist ein bißchen empfindlich. Ich mag es, meinen linken Arm zu streicheln.

Ich finde die Karte in meinem Erdkundebuch, es ist Afrika. Mit dem Finger umfahre ich die Stelle auf meinem Arm. Rabat, Dakar, am Ellbogen hört es auf, gut, das ist der Atlantische Ozean. Bei Djibouti gehe ich wieder nach oben, Tunis, Algier. Zwischen Algier und Rabat sind Falten, das ist die Straße von Gibraltar. Richtung Spanien.

Die Schubladen in allen Farben aus der Klo-im-Treppenhaus-Straße habe ich verschwinden lassen. Michel existiert nicht mehr, ich erinnere mich nicht, wann er gestorben ist.

Ich bin schon zehn Jahre alt.

Wir sind aus dem Mietshaus in eine Conciergewohnung in der Avenue du Maine gezogen. Sie ist ein bißchen größer, Küche und Zimmer sind getrennt, und das Klo ist im Hof. Abends nach der Schule verteile ich die Post und stehe Donnerstag morgens ganz früh auf, um mit einem Lappen über die Fußleisten zu wischen, während sie die Treppen kehrt. Ich sage höflich «Guten Tag» und «Verzeihung», wenn ich auf der Treppe bin und ihnen beim Betreten oder Verlassen ihrer Drei-, Vier- oder sogar Fünfzimmerwohnung im Wege stehe. Ihre Klos gehen nicht auf den Hof.

Der Spanier schlägt fester zu, klar, ich werde größer, härter im Nehmen, und in der Schule in der Rue Asseline schlage ich auch. Ich packe die Kinder am Kragen und frage: «Was hast du gesagt, du dreckiges Arschloch?» Sie antworten: «Aber ich hab nicht mal mit dir geredet», dann schlage ich zu und brülle: «Halt die Schnauze, du Stück Scheiße, ich kann es nicht leiden, wenn man mir antwortet!»

Im Unterricht mache ich nichts. Ich zeichne noch immer auf meine Hefte und Bücher Gesichter und Körper von Frauen.

In die Avenue du Maine kommen Spanier, die drei oder vier Nächte in der Conciergewohnung schlafen, bis sie einen Unterschlupf gefunden haben. Sie flüchten vor Franco.

Er ist groß und elegant und hat ein schönes Gesicht. Er sagt: «Ich war Spanischlehrer in Madrid, morgen fahre ich weiter nach London, wo meine Frau und meine zwei Töchter auf mich warten.»

Er schläft in einem Behelfsbett. Lächelnd hält er mir die Hand, ohne etwas zu sagen, um mich herum verschwindet die Conciergewohnung. Er füllt die Leere. Ich spüre etwas in meinem Bauch, ich fühle mich gut. Ich habe Lust, ihm einen Kuß auf die Wange zu geben, aber dann würde er wach. Der Traum verflüchtigt sich, ich fühle nur noch ein großes Nichts in der Magengrube. Da hasse ich seine Töchter.

Im Jardin du Luxembourg schaue ich jeden Donnerstag verstohlen auf die Statue des nackten jungen Mannes. Er sitzt auf seine linke Ferse gestützt. Sein Geschlechtsteil zwischen seinen geöffneten Beinen verwirrt mich, aber ich weiß nicht, warum.

Eines Tages, in einem Pissoir des Parks, sehe ich den Schwanz eines pinkelnden Mannes, ich bin genauso verwirrt. Aber mein Herz schlägt heftig.

Auf dem Schulweg gibt es ein Pissoir, in der Rue Froidevaux, an der Friedhofsmauer. Es ist schon dunkel. Ich stelle meine Schultasche im Pissoir ab, ich möchte nur den Schwanz eines Mannes sehen, damit mein Herz stärker schlägt. Der Mann trägt eine Kappe, ich kann sein Gesicht nicht gut erkennen, er nimmt meinen Schwanz in seine Hand, und mein Schwanz wird größer und dann hart, es klopft schnell und stark in meiner Brust, er reibt meinen Schwanz so komisch hin und her, ich glaube zu pinkeln, aber es ist anders, es ist ein gutes Gefühl, als es rauskommt, ich berühre die Spitze, sie ist glitschig.

Ich schnappe mir meine Schultasche und gehe aus dem Pissoir raus, der Mann mit der Kappe und die glitschige Spitze vermischen sich in meinem Kopf. Den Weg nach Hause in die Conciergewohnung renne ich, ich schwitze, zittre ein bißchen.

Meine Erdkundeaufgaben explodieren in meinem Kopf, und der Spanier schlägt mit aller Kraft zu, ich tauche in die Laken vom Klappbett und brülle, wie ich noch nie gebrüllt habe, und reibe meinen Schwanz, denke ganz fest an den Mann mit der Kappe, die Kappe wird zur Baskenmütze. Ich stelle mir die Hand des Spaniers vor, und seine Hand bringt mich zum Pinkeln. Ich überschwemme die Laken, ich bin glitschig.

Ich bin elf Jahre alt. Ich weiß nicht, wer ich bin, ich pisse nicht mehr wie die anderen.

Und ich stelle meine Tasche im Pissoir ab, wenn ich in die Schule gehe und wenn ich von dort komme, ich lasse mir einen runterholen und wichse anderen einen, manchmal blasen sie mir den Schwanz, aber ich will nicht blasen. Ich finde das schmutzig, ihre Schwänze in meinen Mund zu nehmen, und ich will nicht, daß sie mich küssen, ich mag ihren Atem nicht. Ich sage: «Ich wohne um die Ecke, ich stehe um die und die Zeit hier vor dem Haus» (ich finde immer irgendwas zu erledigen), und wir gehen in die Rue Vercingétorix hinter den Bauzaun eines verfallenen Hauses, ich greife nach ihren Schwänzen und habe Spaß beim Pinkeln; ein Mann ist häufig nach dem Mittagessen im Pissoir, er gibt mir einen Franc, wenn ich mache, daß es ihm kommt, davon kaufe ich Lakritz und Kaugummi und suche mir in der Pause Kinder aus, an die ich sie verteile.

Und ich lerne die Blicke und die Gesten, um an die Männer ranzukommen, die in der Nähe vom Pissoir beim Kino an der Gare Montparnasse herumstehen, und als ich mit ihr im Kino Texas in der Rue de la Gaité bin, wichse ich einen Mann neben mir, ohne daß sie etwas merkt.

Ich schaffe die Aufnahmeprüfung in die Mittelschule nicht. Aber das ist nicht schlimm für ein Kind von armen Leuten. Ich kann mir sowieso nichts mehr merken.

Es ist an einem Donnerstag abend, ich gehe, um in der Rue de l'Ouest ein paar Einkäufe zu machen, das Einkaufsnetz in der Hand und einen Zettel in der Tasche meiner kurzen Hose. 1 Kilo Kartoffeln, 1 Kopfsalat, 1 Kilo Bananen (nicht zu reif und die billigste Sorte). Am anderen Ende vom Pissoir steht ein großer Mann mit sehr schwarzem Schnurrbart, ich gucke mir den Schwanz meines Nachbarn an, der mich aber nicht interessiert, ich mag den Mann mit Schnäuzer lieber, also gehe ich aus dem Pissoir raus und zur Rue de l'Ouest, wo die Marktfrauen mit ihren Wagen sind. Ich stelle mich in einem Hauseingang unter, weil es plötzlich anfängt, stark zu regnen. Der Mann mit Schnäuzer kommt hinterher und sagt: «Du bist ein hübscher Kerl, wir sollten uns wiedersehen! Warte, ich hole meinen Kalender raus.» Es ist kein Kalender, es ist eine Brieftasche, er öffnet sie und hält mir eine Karte mit zwei Streifen, blau und rot, unter die Nase und sagt: «Polizei, mitkommen.» Ich fange an zu zittern und zu schwitzen, ich möchte abhauen, aber ich fühle meine Beine nicht mehr, und er fragt:

«Wie lange treibst du *das* schon? Wie alt bist du?»

«Ich bin zwölfeinhalb...»

«Hast du irgendwelche Papiere dabei?»

Ich hole meinen Ausweis für kinderreiche Familien heraus.

«Wissen deine Eltern Bescheid?»

«Nein, nein...!»

«Dann hör mir mal gut zu: wenn ich dich *dort* noch einmal erwische, kommst du mit aufs Revier. Und jetzt zieh Leine.»

Er geht, ich atme heftig.

Zu Hause sagt sie: «Verdammt, du hast die Bananen vergessen.» Und an diesem Abend lerne ich meine Hausaufgaben auswendig und setze für zwei Monate keinen Fuß mehr in ein Pissoir.

Ich mag keine kurzen Hosen mehr, ich will richtige Hosen.

▮

Der Spanier ist wild vor Wut, er zerrt die Laken vom Klappbett – er hat an meinem Daumen gesehen, daß ich ihm gerade noch eine lange Nase gemacht habe, und nun schlägt er mit seinen Fäusten zu wie ein Boxer, ich schreie nicht, es tut zu weh, er packt mich im Nacken und treibt mich unter Fußtritten in den Hof.

Ich weiß nicht, wann er aufhören wird zu prügeln, es ist mir egal.

Ich bin dreizehn. Ich fühle mich verdammt einsam.

▮

Zum Muttertag schenke ich ihr ein Bild. Die Köpfe von einem Reh und einem Pferd, eingebrannt in ein Holzbrett; das habe ich für sie in der Schule gemacht.

Sie sagt: «Das ist sehr hübsch, du bist begabt, ich werde dir etwas zeigen.» Sie wühlt im Schrank unter einem Wäschestapel, zieht ein paar Hefte hervor. Sie sind voll mit Zeichnungen: Gesichter und Körper von Frauen, einige sind farbig, es gibt sogar ein paar Königinnen mit Perlencolliers. Sie sagt: «Ich hab auch gezeichnet, als ich jung war, aber seit dem Tod von Jojo hab ich mich nicht mehr aufraffen können.»

Eines Tages kauft sie eine Schachtel mit Ölfarben und malt den Hafen von La Rochelle. Das Meer ist sehr aufgewühlt, aber das Blau des Himmels ist schön. Es gibt keine einzige Wolke.

Ich begleite sie zum Mieter im sechsten Stock, sie macht ihm einmal in der Woche den Haushalt. Ich komme gerne mit. Die Wohnung ist groß, sie hat drei Zimmer und überall Bücher, außerdem stehen schöne Dinge herum, nicht nur aus Muscheln wie bei uns. Aber vor allem gibt es ein richtiges weißes Badezimmer. Es ist mein erstes Badezimmer. Ich hocke mich auf den Rand der Badewanne und warte, bis ich pinkeln muß. Dann lasse ich die Hosen runter und setze mich aufs Klo. Ich stelle mir vor, daß es ein Thron ist und halte mich sehr gerade, die Hände auf den Knien. Ich richte meinen Schwanz auf die Mitte der Schüssel, damit ich es laut plätschern höre. Langsam stehe ich wieder auf und gebe acht, daß ich auch keinen Tropfen auf der schwarzen Klobrille hinterlasse, dann ziehe ich die Spülung: bis zum nächstenmal.

Ohne weiteres würde ich den Hafen von La Rochelle an einer der weißen Badezimmerwände aufhängen.

Die Volksschule hängt mir zum Hals raus, ich habe keine Lust, die Aufnahmeprüfung noch mal in den Sand zu setzen, also bringe ich diesen Mist hinter mich. Ich möchte Seemann werden und die Ozeane entdecken, aber sie sagt: «Kommt überhaupt nicht in Frage, daß du nach Saint-Mandrier gehst (wo man zum Maat ausgebildet wird), du wirst ein richtiges Handwerk lernen und ein gutes Auskommen haben, du wirst heiraten und deine Kinder aufziehen, wie es sich gehört.» Ich kann ihr nicht sagen, daß ich täglich in der Rue Froidevaux heirate und meinen Kindern einen runterhole, und der Spanier sagt, daß «das Bau'andwerk ist gutes Beruf, wo du kannst viel Geld machen, wenn du in ein Bautrupp auf Akkord arbeist», also fange ich eine Maurerlehre in einem Bautrupp an.

Eins, zwei, drei… vierzehn: mein vierzehnter Geburtstag.

Wir verlassen die Conciergewohnung, um in eine Holzbude mit Garten am Stadtrand zu ziehen, nach Fontenay-sous-Bois; dafür wird ein hoher Kredit aufgenommen. Das ist der Abschied von den wirren Jahren.

Im Pissoir in der Rue Froidevaux liegt an der Friedhofsmauer eine Leiche. Die Leiche eines schwachsinnigen Kindes.

Es hieß Michel.

Der Spanier prügelt nicht mehr, weil ich größer als er bin. Er bastelt an der Baracke herum. «Irgendwann werde ich es fest mauern.» Er will für seine Tochter sorgen.

Alain ist von der Schule geflogen, er lernt jetzt Speisen zurechtmachen in einem Feinkostladen im sechzehnten Arrondissement, und ich versaue mir Hände und Haare mit Gips und Putz, wärme die Mahlzeiten in den Henkelmännern auf und fege die Baustellen, mit denen die Arbeiter fertig sind. Sie trinken morgens Kaffee mit Calvados.

«Ich sag euch, ich hab vielleicht meine Alte gestern durchgezogen!»

Und Weißwein zum Frühstück um zehn.

«Verdammt, diese Schlampe hat schon wieder die Leberwurst vergessen!»

Und Rotwein zum Mittag.

«He, du schwule Sau, du hast vergessen, mein Zeug sauberzumachen!»

Und nach dem Mittagessen wieder Kaffee mit Calvados.

«An was denkst du, Kleiner, du wichst wohl zuviel, da wirste dumm von!»

Und abends nehme ich an der Haltestelle Château de Vincennes den Bus, um zur Holzbude zu fahren. Es gibt Pissoirs im nahegelegenen Park. Ich lehne an einem Baum, ein Mann will mich küssen, ich wehre mich ein bißchen, er zwingt meine Lippen auf, mein Mund ist offen, ich erforsche seinen Mund mit meiner Zunge, ich küsse seine Wangen, seinen Hals, seine Augen, wild zerfahre ich ihm die Haare, in den Augen stehen mir die Tränen, und ich versuche, nicht zu schreien, als es mir kommt, wir trennen uns wortlos, bei mir im Bauch wieder dieses Nichts.

In der Baracke reden sie davon, daß man für die Erhaltung seiner Rechte kämpfen muß und gegen die Kapitalisten, die uns ausbeuten. Sie erzählen von der Volksfront, vom bezahlten Urlaub, vom Spanischen Bürgerkrieg, von den Nazis und vom Oktober 1917, vom großen sowjetischen Volk, Lenin, Kuba, von der DDR, der Internationalen, dem Kommunismus und der Gewerkschaftsbewegung. Alain und ich werden Mitglied der Kommunistischen Jugend, der Kommunistischen Gewerkschaft und der Partei, wir informieren, organisieren, agitieren. Wir verteilen die *Nous les garçons et les filles* und die *Huma-Dimanche.*

Es ist Nacht. Wir sind auf dem Rückweg von einer Ortsgruppensitzung. Leise sage ich zu Alain: «Weißt du, Alain, irgendwie hab ich Schiß», und er antwortet: «Mach dir keine Sorgen, Brüderchen, außerdem sind das fette Ärsche mit total viel Kohle.» Und holt aus seiner Jacke ein Brecheisen, mit dem er die Tür der Eisenwarenhandlung knackt, und ich merke, daß er Übung hat, daß das bestimmt nicht das erste Mal ist, also habe ich keine Angst mehr, bin aber sehr aufgeregt... Ich öffne die Registrierkasse, hole das Geld raus und pisse rein, ich steige auf die Ladentheke, ziehe die Hosen runter und scheiße, verteile die Scheiße auf den Wänden. Den geklauten Krempel verstecken wir in der Baracke, unter unseren Betten.

Ich bin fünfzehn und kapiere kein bißchen vom dialektischen Materialismus, und der Klassenkampf ist mir scheißegal. Ich mag meine Klasse nicht genug.

Wir knacken einen Prisunic, einen Spielclub, ein Restaurant, ich pisse und scheiße, und mit meiner Scheiße schreibe ich an die Wände:

ARSCHFICKER
FETTÄRSCHE
MISTKERLE
SCHWEINEBANDE

Eines Morgens entdeckt sie unser Versteck. Schreiend fragt sie uns aus, wir geben alles zu, nur nicht das mit der Scheiße. Der Spanier ist nicht da, er ist auf Arbeit weggefahren, also nimmt sie einen Stuhl und zieht mir damit dreimal eins über, ich wehre mich nicht, beim vierten Mal kippt sie um, hat eine Ohnmacht, wir geben ihr ein paar Ohrfeigen zum Wachwerden. Sie sieht plötzlich sehr alt aus.

Sie sagt: «Kommt mit mir zur Polizei, mir bleibt nichts anderes übrig.» Also kommen wir mit. Sie hat ihren Sonntagsmantel übergezogen, im Gänsemarsch gehen wir los, sie vorneweg.

Sie sagt zu den Polizisten: «Hier bringe ich Ihnen meine Söhne, es sind Einbrecher, tun Sie Ihre Pflicht», und geht, ohne sich noch einmal umzudrehen.

Alain flüstert mir zu: «Ich nehme alles auf mich, hab keine Angst, kleiner Bruder.»

Bei der Kripo wollen sie alles wissen, auch, wie das mit der Scheiße war, aber dazu sage ich nichts. Ihre Finger hämmern auf die Schreibmaschinen ein, ihre Protokolle unterschreibe ich, ohne sie gelesen zu haben.

In der Conciergerie bücke ich mich, um mein Arschloch zu zeigen. Es ist nichts drin. Zelle. Fotos für die Verbrecherkartei. Beim Untersuchungsrichter. «Ich glaube, wenn Sie wollen, können Sie sich bessern: Ich schicke Sie in ein Heim für junge Straffällige.»

Jedes Wohnhaus in dem Heim trägt den Namen einer Provinz: Elsaß, Poitou, Lothringen, Bretagne, Provence, als ob man die Zöglinge reisen lassen will. Es gibt Werkstätten für Mechaniker, Maurer, Maler, Gärtner und keine Mauern, nur die Erzieher. In Savigny-sur-Orge bin ich Lothringer mit grauer Kluft, meine Aufgabe ist es, in der Maurerwerkstatt Backsteine zu stapeln.

Robert ist dreizehn, blond und mager, ich weiß nicht, weshalb er hier ist, er redet nie, er lächelt auch nicht, und wenn er geht, guckt er auf seine Schuhe. Robert ist Lothringer wie Henri. Den kenne ich, wir waren zusammen in der Volksschule in der Abschlußklasse. Er hat ein Auto gestohlen, deshalb ist er hier. Mit fünfzehn Jahren gehört Henri schon zu den Großen.

Er sagt zu Robert: «Lutsch mir den Schwanz, oder du kriegst Prügel», also bläst Robert Henri einen, und Henri sagt: «Das macht er euch auch, aber pro Nase krieg ich 'n Päckchen Kippen.»

Und abends nach den Rüben in Mehlschwitze stehen sie in der Kammer von Robert Schlange: aus allen Provinzen sind Jungen da.

Beim Antreten habe ich gequatscht, dafür werde ich bestraft. Die Zelle hat sehr hohe, erdfarbene Mauern. Ganz oben ist eine kleine Luke, die nichts vom Tageslicht ahnen läßt. Es gibt ein Loch, um zu scheißen, und ein festgemauertes Brett zum Schlafen.

Ich ziehe andere Sachen aus grauem Stoff an und lasse meine Kleider und Schuhe vor der Zellentür, die dreimal am Tag fürs Essen und abends noch einmal geöffnet wird, wenn man Decken bekommt. Fünf Tage lang führe ich mit lauter Stimme Selbstgespräche, ich rede irgendwas vor mich hin, ich singe auch, und vor allem wichse ich. Mehrmals am Tag. Beim drittenmal wird es etwas schwieriger, da muß man fester denken. Und der Schwanz gehört nicht mehr zum Körper, er führt ein Eigenleben.

Haftanstalt Fresnes
Kontrollstelle 16

Lieber kleiner Bruder,

dein Brief ist gut bei mir angekommen. Ich fühl mich mies weil, ich bin verantwortlich, daß ich dich in das alles reingezogen habe.

Bald ist das alles vorbei glaub mir. Für unser Glück müssen wir jetzt selber sorgen. Sonst ist alles in Ordnung hier.

Verlier nicht die Hoffnung
ich vergeß dich nicht.

Alain.

Zweimal kommt sie ins Heim und bringt Schokolade, Kekse und neue Unterhosen mit. Sie sagt: «Ich kann nicht häufiger kommen, ich fahre jede Woche nach Fresnes, um deinen Bruder zu besuchen, das schafft mich.» Schokolade und Kekse teile ich mit Robert, die Unterhosen sind ihm viel zu groß.

Die Erzieher fragen mich, ob ich zu meinen Eltern zurückwill, ich antworte, daß ich mit der Holzbaracke und dem Stiefvater und den Kaffee-mit-Calvados-Weißwein-Rotwein-Typen nichts am Hut habe; sie schlagen mir darum ein anderes Heim in der Provinz vor, wo ich eine Ausbildung machen könnte («Egal was, worauf du Lust hast, und ohne Strafzelle»). Ohne zu zögern, sage ich ja, unter der Bedingung, daß es weit weg ist. Wirklich weit.

Sie sagt nein («Er stellt doch nur Blödsinn an, und außerdem muß er hier noch seine Lehre fertig machen»). Die vier Monate als Lothringer waren umsonst. Ich hätte abhauen sollen, über die Mauern, die es gar nicht gab. Und mit Gips befleckt, tauche ich wieder ein in die Schatten der Pissoirs im Bois de Vincennes.

Adoracion sieht der Mutter ähnlich. Mit ihren acht Jahren haßt sie den Spanier, der nie freundlich ist, der nicht spricht, sondern immer nur mit seinem Hintern auf dem gleichen Platz sitzt und die *Humanité* liest.

So wird sie meine Schwester.

Alain kommt frei. Sieben Monate nach dem Auffinden unserer Beute. Und ich brülle: «Hör auf, laß ihn los, er ist es nicht wert», und reiße meinen Bruder zurück, der den Spanier am Hals gepackt hat, daß ich Angst hatte, er bringt ihn noch um. Ich weiß nicht, warum er ihn töten wollte, er hat es nicht erklärt, ohne ein Wort ist er verschwunden, um woanders seine Leere zu leben. Manchmal begegne ich ihm. Oft ist er betrunken, er erzählt, daß er bei einer Hure schläft und abends im Park die Schwulen mit einem Klappmesser bedroht. Er sagt zu ihnen: «Schieb die Mäuse rüber, schwule Sau, oder ich mach dich alle», und eines Nachts wird er festgenommen. Er fehlt mir.

Die Lehre ist fertig. Ich scheiße auf den Beruf und die aufgemauerte Baracke, die für ein altes Ehepaar mit Tochter, «die ja auch heiraten und Kinder haben wird», gedacht ist.

Alain kommt aus dem Zentralgefängnis zurück, er streift durch die Straßen von Fontenay-sous-Bois. Sechzehn Monate hat er eingesteckt, Zeit genug, seinen Körper über und über tätowieren zu lassen: einen Kreuzeshügel, den Freiheitsweg, gekettete Hände, eine Kobra, einen Kauz, einen Adler, einen Gedanken an die Mutter, den Namen einer Hure, drei Punkte in Dreiecksform auf dem Handrücken.

Ich lebe seit siebzehn Jahren.

Der Spanier flucht: «Du wollst sein dein eigene 'err – jetzt 'ast du dein Willen, also verpiß dich, dies 'aus nicht mehr ist deins, du sein nicht mehr mein Sohn, ich will nicht, daß du noch mit deine Füße 'ier 'ereinkommt!» Ich lache auf, schreie, daß mir seine Bruchbude furzegal ist, daß er nie mein Vater war, daß er nur ein Haufen Dreck ist, daß er immer Dreck bleiben wird. Er kommt näher, ich merke, daß er mich schlagen will. Er ist rot, er stinkt vor Haß. Ich balle die Fäuste. Wenn er zuschlägt, mache ich ihn fertig. Er spuckt vor Wut: «Du paß auf, ich so jung nicht mehr bin, aber dir kann ich noch zeigen.»

«Versuch's doch, Wichser, komm, schlag zu, und ich zerdrück dir deine Fresse an der Wand!»

Er sagt nichts mehr, gibt klein bei, der alte Waschlappen. Ich lache, weil er Angst hat, weil er immer Angst hatte, weil ich nun das schmiedeeiserne Gartentürchen hinter mir zuschlage. Ich werde frei atmen.

Sie findet eine Unterkunft für mich, Zimmer mit Bett und Waschbecken, im Wohnheim der Etournettes unter Pater Marouen, vorläufig. Es gibt Erzieher, einen Speisesaal und dann noch Roland. Über einen Blick im Speisesaal sind wir zusammengekommen. Er sagte zu mir: «Ich habe dich gestern einlaufen sehen, du scheinst ja ziemlich fertig, oder? Komm mit.» Wir sind zu ihm hochgegangen, er legte mir die Hand aufs Bein: «Ich würde gerne mit dir in die Kiste.» Ich habe gelacht und gesagt: «So was mache ich nie mit Kameraden, außerdem gehe ich für so was nicht ins Bett, das mache ich im Stehen.» Er hat nicht weitergefragt, sondern sich an seinen Tisch vor einen Spiegel gesetzt, Rouge aufgetragen und die Wimpern mit Maskara gefärbt. «Ich habe einen Geliebten, der hält mich aus» (und zeichnete die Linie seiner Lippen mit einem weißen Stift nach), «ich werde dich ihm vorstellen.» Er betrachtete sich im Spiegel und gab dabei kleine Kiekser von sich. «Soll ich dich schminken?»

Ich warte bis zum Abend, um mein Gesicht mit farbiger Creme zu bedecken und meine Wimpern zu verlängern und mit Roland zwischen Clichy und Pigalle kleine Kiekser auszustoßen und mit dem Hintern zu wackeln. Dort gibt es noch mehr angemalte Gesichter, Masken von Tunten, Huren und Clochards, aber im Neonlicht des Boulevards fühle ich mich einzigartig, und im beißenden Geruch der Pissoirs bin ich die geschminkte Leere.

Wir trinken Kir in der Bar der Villa Rue Dancourt, dem Hauptquartier von Roland, hier trifft er seinen Freund. In der Telefonzelle treibe ich es mit Lucien, dem Barmann; und Pierre, der Freund von Roland, spendiert mir ein Glas.

Pierre nimmt etwas Vaseline auf die Finger und verteilt sie auf meinem Arschloch, er massiert ein wenig, um das Eindringen zu erleichtern, und stößt seinen Schwanz in meinen Hintern, es brennt, und ich packe das Kopfkissen und klammere mich daran fest, um nicht zu schreien, er braucht lange, kommt in mir drin, stöhnend. Er fragt: «Hat es weh getan?» Ich antworte: «Ein wenig, es war das erste Mal.» Er entschuldigt sich: «Das tut mir leid, als ich dich gesehen habe, dachte ich, du wärst...» Ich sage, daß es nichts macht, daß es mir gefallen hat; da sagt er: «Wünsch dir was! Wenn es das erste Mal ist, muß man sich was wünschen.» Wir lachen beide los. Meine Schminke hat das Kopfkissen verschmiert, mein Lidschatten ist verlaufen.

Es ist Nacht, in der Gegend von der Place d'Anvers. Mir ist nicht wohl hinten zwischen meinen Beinen, wie nach einem chirurgischen Eingriff, um das Loch größer zu machen.

Es steht am Bordstein. Schwarz und weiß. Sein Chrom blitzt nur so. Ich steige auf das Motorrad. Ich will, daß die Maschine mit mir kilometerweise Neonlichter frißt. Ich fahre den Bullen direkt in die Arme.

Vor einem Monat bin ich vom Spanier weggegangen.

Wieder bücke ich mich und zeige mein Arschloch. Ich habe Angst, daß sie etwas merken. Ich habe das Gefühl, der ganze Keller der Conciergerie besteht nur aus meinem Loch.

Und ich strecke mich auf dem Boden der Zelle aus. Die einzige Pritsche ist von anderen Verbrecherärschen besetzt. Ich versuche zu schlafen. Das Licht vergessen, das nie gelöscht wird.

Die Tür geht auf und wieder zu, jemand pufft mich ein paarmal in den Rücken: «Scheiße, was machst du denn hier, kleiner Bruder?»

«'n Motorrad geklaut. Und du?»

«Hab 'ne Karre geknackt, bin rumgefahren. Die Bullen wollten den Lappen sehen, Pech gehabt.»

Ich bin nicht mehr müde. Wir sind ganz nah beieinander. Wir sprechen von früher, er ist es, der sich erinnert: Sainte-Soulle und meine Heirat («wir sind fast geplatzt vor Lachen, Jacky und ich, ihr habt so richtig ernst ausgesehen»), die Rue du Père-Corentin («was für eine Scheiße, alles war zum Kotzen, so grau») und dann die Avenue du Maine («da habe ich wirklich gedacht, du bist bescheuert, Brüderchen, mit deinem Putzlappen in der Hand»).

Und im Morgengrauen erinnert er sich an den Tag von Jojos Tod. Er war da, am Rand vom Boxring, das ist das einzige Bild, das sich auf seiner Netzhaut wirklich festgesetzt hat. Er gibt zu, daß es schon lange vor der Rue du Père-Corentin in ihm gegärt hat. Er sagt, daß er nur groß werden wollte, um dem Bild ähnlich zu sein, und dann schweigt er. Er lehnt den Kopf an die Wand und schließt die Augen. Ich bin kurz vorm Einschlafen.

Er sagt: «Wir könnten unsere Klamotten tauschen, dann würde ich auf den Untersuchungsrichter einen besseren Eindruck machen.» Also ziehe ich seine zu engen schwarzen Hosen an, seine Lederjacke und seine Stiefel, auch schwarz und zu spitz. Er zieht meine grauen Hosen an, meine Jacke mit den Ankerknöpfen und meine Schuhe mit Seitenschnallen.

Wir sitzen im gleichen Gefangenentransport nach Fresnes.

Wir ziehen uns aus. In der Aufnahme legen wir unsere Klamotten auf die Theke.

Er steht vor mir. Nackt. Er sieht den vergilbten Fotos ähnlich (im Boxdreß, die Linke gedeckt), die Nase, der Mund, die Schultern, die Fäuste. Vor allem die Fäuste. Aber die Haare nicht. Die hat er von ihr.

Und wieder unsere Arschlöcher den Wärtern hingestreckt.

Er rollt mit den Schultern. Der tätowierte Adler schlägt mit den Flügeln.

Wir ziehen die graue Anstaltskluft und braune Schuhe an, ein paar Laken und eine Decke unter dem Arm. Er geht Richtung Block Drei, ich Richtung Block Zwei. Er dreht sich um und zwinkert mir zu, setzt ein falsches fröhliches Gesicht auf.

Er ist gerade zwanzig geworden. Ich wollte, die Mauern stürzten ein.

▮

In Zelle 391 sitzt ein Typ wie ein Schrank, er stellt sich vor: «Man nennt mich den Großen Duduche, ich hab einem Bullen die Fresse poliert. Wenn ich voll bin, muß ich immer einem Bullen die Fresse polieren. Und was bist du für einer?» Ich erzähle von dem Motorrad, er ist nicht besonders beeindruckt: wegen einer geklauten Maschine einzufahren! Ist mir egal, ich muß dringend scheißen, und es gibt kein abgetrenntes Klo. Ich denke an den Gestank.

Didier kommt drei Tage später, er war gerade im Loch: acht Tage für das Verpfeifen seiner früheren Zellengenossen, die ihn ficken wollten. Vierzehn für die Möchtegern-Arschficker. Dazu hat der Große Duduche nicht viel zu sagen, außer daß er – Verdammt noch mal! – gerne einen heben würde, und Didier spricht von seinem Vater, der Handel in Madagaskar treibt. Sie sehen sich nie, um so besser, sie können sich nicht riechen, und Didier hat eine Kiste geknackt, um hinter Gitter zu kommen, nur damit sich der Alte ärgert, aber seinem Alten ist es egal («dieses Arschloch»), und seine Mutter hat sich schon lange davongemacht («diese Schlampe»). Didier geht einem auf den Nerv.

Wer beim Rundgang im Hof nicht mit Blindekuh spielt, wird geschlagen. Die Augen werden mit einem Gürtel verbunden. Die Wärter sind Schweine. Abends singen wir Lieder über den Knast in Tataouine.

Didier liegt auf dem Bett und läßt seinen Schwanz steif werden. Er fragt: «Ist er nicht schön, mein Schwanz?» Ich will ihn anfassen, er sagt: «Ne, Alter, ich hol mir selbst einen runter, und denk an den Hintern von 'ner scharfen Frau.»

Didier ist ein blöder Arsch. Und wir wichsen nacheinander, damit das Bett nicht so wackelt.

Wir stehen im Kreis um Didier und Rehauge (er hat einen tätowierten Strich in den Augenwinkeln). Er ist der Zellenvorgänger. Der Arschficker. Didier versucht auszuweichen, Rehauge schlägt sehr hart zu, dem Anschwärzer ins Gesicht, der bricht in einer Ecke vom Innenhof zusammen. Blut spritzt. Niemand wischt es weg.

Ich laufe Alain über den Weg, er schiebt den Essenswagen, neue Tätowierungen auf seinen Händen, er fragt, läuft es gut, kleiner Bruder. Ich antworte, es könnte nicht besser sein.

Der Große Duduche tätowiert mir den Schutzpatron der Gauner auf den linken Arm. Ich denke nicht mehr an die Leere.

Haftanstalt Fresnes
Kontrollstelle 3

Denis,

Ich habe heute deinen Brief bekommen danke, ja ich habe von deiner Verhaftung gehört. Wo gehst du hin wenn du frei bist? Hier geht es auf keinen Fall.

Ich erwarte nicht mehr viel von euch beiden. Ihr wolltet die Freiheit, aber das Wort ist viel zu gut für euch.

Schreib mir nicht mehr. Warte damit bis du ein Mann bist und denk nicht mehr an mich.

Ich hoffe 1968 ist besser als 1967.

Mama

Ich drücke Didier mit dem Kopf ins Klo und ziehe die Spülung. Er schreit, daß ich 'ne blöde Sau bin, und ich brülle: «Er soll endlich seine Schnauze halten.» Ich würge ihn mit den Händen, er wird blau, er sabbert und röchelt, und ich drücke zu, ich will, daß er krepiert, und der Große Duduche schlägt mich, damit ich den Hals von Didier loslasse.

Duduche kommt raus, und Didier kriegt sechs Monate von der 30. Strafkammer. An einem Januarabend werde ich freigelassen, auf Probe. Es ist dunkel und kalt, ich habe drei Francs und zwölf Centimes in der Tasche und die Adresse von Duduche in Saint-Maur-des-Fossés. Ich steige in einen Zug nach Paris. Alain schläft bestimmt.

Pater Marouen schreit, daß er hier keine Knastbrüder brauchen kann, zieh ab, du Scheißer. Ich koche vor Wut. «Verdammter Drecksgott, dein Vertreter hier ist wirklich eine Sau!» Und ich gehe zu Fuß nach Saint-Maur, die Hände in den Taschen, sehe die Neonlichter nicht, laufe in einem durch. Das Wasser in den Pissoirs zwischen Clichy und Pigalle muß gefroren sein.

Der Große Duduche sagt, daß ich wegen seinen Alten nicht bei ihm wohnen kann. Er bringt mich bei seinem Kumpel unter: Dédé der Brecher, der gerade wegen ein paar Einstiegen zwei Jahre in der Santé abgesessen hat. Seine Bude ist ziemlich ekelhaft, eine Matratze, ein Waschtisch, überall leere Bierdosen und Zigarettenstummel. Ich lasse mich auf die Kippen fallen und penne ein.

Der Brecher sagt, daß er die Miete nicht mehr zahlen kann, daß er nicht wieder mit den Brüchen anfangen will, daß er diese Scheißgegend satt hat: «Wollen wir nicht einfach irgendwo anders hin, zum Beispiel ans Meer, was meinst du, sag mal?» Ich meine, das muß schön sein, das Meer im Winter, also klauen wir eine Ente und fahren in Richtung Saint-Malo.

Der Große Duduche, der Brecher und ich.

Wenn wir kein Benzin mehr haben, knacken wir ein anderes Auto, der Brecher macht die Tür auf und schließt den Wagen mit einer Nagelfeile kurz. Essen holen wir uns aus den Auslagen der Geschäfte und sammeln Kippen auf, wenn sie groß genug und nicht zu ekelhaft sind. Wir schlafen in den Autos oder in Scheunen.

Und dann die Befestigungen von Saint-Malo und das Meer, fast Ozean. Es ist Ebbe, wir patschen durch den

Schlamm und schlürfen ein paar Schnecken. Der Brecher schlägt vor, weiter Richtung Norden zu ziehen: «Bis nach Schweden, und wir setzen keinen Fuß mehr nach Frankreich rein, das ist ein Scheißland, und da oben vögeln wir große Blonde mit solchen Ärschen.» Also fahren wir die Küste hoch Richtung Norden, mit Autos oder per Anhalter, wenn die Karre ohne Benzin mitten in der Pampa verreckt. Le Havre, Dieppe, Calais, Boulogne, Dünkirchen, zu Fuß über die belgische Grenze, am Zoll vorbei, weil der Brecher seinen Ausweis verloren hat. Wir beschließen, nach Veurne zu gehen, ein Auto zu besorgen und Ostende anzusteuern. Auf dem Weg nach Veurne ist außer getrocknetem Fisch nichts draußen in den Auslagen, uns hängt der Magen zwischen den Knien. Wir haben genug davon, seit Saint-Maur Obst und rohes Gemüse zu essen, und ich habe seit Fresnes nicht mehr geduscht. Wir haben das Gefühl, unsere Unterhosen und Socken bleiben für immer an uns kleben.

In dem Auto, das wir in Veurne geklaut haben, ist nicht genug Sprit, also beschließen wir, im nächsten Kaff eine solide und bequeme Karre zu knacken. Auf dem Marktplatz von Brügge finden wir einen schönen weißen D.S. und fahren los, Richtung Ostende. Es wird Nacht, wir parken den D.S. in einer Sackgasse nicht weit vom Meer. Wir klappen die Vordersitze nach hinten, um uns ausstrecken zu können. Wir sehen das Polizeiauto nicht, das mit gelöschtem Licht die Sackgasse blockiert. Wir sehen nur die Knarren, auf die Scheiben des weißen D.S. gerichtet. Na prima. Wir werden was zu essen kriegen.

Zurück nach Brügge. Keine Conciergerie und kein Arschvorzeigen, nur ein Protokoll zu unterzeichnen, ein

Blitzbesuch beim Richter und dann in den Knast: Zelle 97. Sauber und einfach. Drei Meter hohe Decke, ein alter Holztisch, im Laufe der Jahre schwarz geworden, ein passender Hocker und eine Holzpritsche, die man gegen die Wand klappen kann, die Matratze ist ein roßhaargefüllter Sack. Kein fließendes Wasser, nur eine Kanne und ein Steinbecken und außerdem ein Kübel zum Scheißen, ein paar Seiten aus Illustrierten, um sich abzuwischen. Das Fenster geht auf einen Kanal hinaus, Leute spazieren den Kanal entlang. Irgend etwas stört mich. Ich suche. Das Kreuz an der Wand. Ich schmeiße es durch die Gitterstäbe nach draußen.

Es ist ruhig, das Essen ist gut, Fritten mit Mayo einmal die Woche. Freitags kommt ein dicker, alter und häßlicher Pfaffe vorbei: «Glaube an Gott, mein Sohn.» – «Oh ja, aber hätten Sie vielleicht ein Päckchen Zigaretten für mich?» Er kommt mit einem Päckchen Saint-Michel zurück. Ich schaffe es nicht, ‹Hochwürden› zu sagen.

Ich arbeite in der Zelle, falte Prospekte, die Rasenmäher anpreisen. Dadurch kann ich Seife, was zu schreiben und vor allem Klopapier kaufen. Mir tut der Hintern weh von *Horoskop* und *Kultur und Unterhaltung.*

Die Richter verurteilen uns zu vier Monaten, und die Leere kehrt zurück. Ich reiße sie aus den Illustrierten: schöne Männer, nicht zu jung, mit Anzug und Krawatte, ich schaue sie mir abends auf meiner Pritsche an, schließe die Augen und wichse, aber nicht zu schnell, damit das Bild Leben bekommt.

Denis,

wundere dich nicht darüber daß ich auf deinen Brief nicht geantwortet habe. Ich bin sehr müde. Wenn du wieder in der Gegend bist habe ich für dich 150 Francs Urlaubsgeld vom Bau.

Danke daß du an Muttertag gedacht hast

Mama

P.S. Das Gericht hat dich zu acht Monaten Gefängnis wegen dem Motorrad verurteilt.

▮

Der Brecher hat seine Zelle in Brand gesetzt. Er wollte eine mit Aussicht auf den Kanal. Im Loch hat er gar keine Aussicht mehr. Ich wäre beinahe geplatzt vor Lachen.

▮

Haftanstalt Fresnes
Kontrollstelle 13

Kleiner Bruder,

Du bist ja immer noch im Gefängnis. Ich will, daß du mit den Dummheiten aufhörst und dir eine Arbeit suchst wenn du wieder draußen bist. Mach es nicht wie ich. Wenn du wüßtest wie ich diese Gitter satt habe. Versprich mir daß du versuchst davon wegzukommen. Ich werde dir helfen so gut ich kann.

Wir wollen uns öfters schreiben.

Dein Bruder der dich liebt.

Alain

Wir verlassen Brügge an einem schönen Frühlingstag. Ich habe von den Spaziergängern am Kanal Abschied genommen. Eine Nacht im Gefängnis von Mons, und am Morgen übergeben uns die flämischen Uniformen den französischen.

Dienststelle Maubeuge, das Büro von Interpol. Fingerabdrücke, Kartei, ich habe Schiß wegen der acht Monate Gefängnis. Es dauert Stunden. Ein Beamter sagt, daß alles in Ordnung ist und wir abziehen können. Wir haben acht Tage, um das Département zu verlassen. Wir machen uns auf den Rückweg nach Paris, ohne Autos zu klauen. Wir fahren per Anhalter. Ich habe Draht gefunden, mit dem ich meine Schuhe umwickeln kann, damit ich nicht über die losen Sohlen stolpere. An meiner Wolljacke sind keine Ankerknöpfe mehr.

Wir holen uns das Obst von den Bäumen und kümmern uns nicht um die Fresse vom Brecher, der nicht mit seinen Schwedinnen mit solchen Ärschen aufhört, und der Große Duduche träumt davon, einen zu heben. In den großen Ortschaften legen wir einen Vorrat Kippen an, und nachts schlafen wir in Scheunen.

Wir nähern uns Paris. Ein Auto nimmt uns mit und setzt uns in Saint-Maur ab. Der Große Duduche will zurück zu seinen Alten und sagt: «Macht's gut, Kumpel, kommt mal vorbei, wenn ihr in der Gegend seid.» Mit dem Brecher geht es weiter bis Fontenay-sous-Bois. Ich warte ein paar Meter von der Baracke entfernt, es ist Markttag, sie kommt mit ihrem Einkaufswägelchen heraus, ich gebe ihr Zeichen, sie erkennt mich zuerst nicht und sagt dann: «Wie siehst du nur aus, und was hast du denn da an den Füßen? Wart mal!» Sie holt aus ihrem Portemonnaie die 150 Francs und den Überweisungsabschnitt. Sie sagt, daß sie das Geld immer bei sich hatte, für den Fall, daß ich plötzlich auftauchen würde.

Ich frage sie, wie es ihr geht, sie antwortet: «Nicht so gut. Alain sitzt im Gefängnis von La Rochelle, wegen Körperverletzung und Waffenbesitz, ich weiß nicht, ob es eines Tages besser mit ihm wird, aber was hat er auch in La Rochelle zu suchen, na ja, und du, wohin willst du jetzt gehen?» Ich sage ihr, daß ich keine Ahnung habe, aber mein Kumpel und ich schon irgendwas finden werden. Sie schreibt ihre Telefonnummer auf ein Stück Papier, das sie von ihrem Einkaufszettel abreißt. Sie sagt: «Ruf mich an, wenn du Probleme hast. Viel Glück, mein Großer!» Wir geben uns einen Kuß, und ich sehe ihr nach, es ist nichts drin in ihrem Wägelchen, aber es scheint sehr schwer.

Ich kaufe ein Paar Schuhe im Angebot, einen Camembert, einen Liter Rotwein und zwei Baguettes. Wir gehen nach Vincennes und lassen uns am Rand vom Park auf einer Bank nieder. Wir essen nicht, wir schlingen, und der Wein betäubt uns. Für den Rest der Knete kaufen wir Gauloises. Wir gehen die Hauptstraße von Vincennes, die Rue du Faubourg-Saint-Antoine, wieder hoch und setzen uns auf eine Bank in einer Grünanlage. Es ist Juni 68, das Wetter ist schön. Wir machen uns lang und rauchen die Gauloises in der milden Nacht.

Wir laufen ohne bestimmtes Ziel durch die Straßen, klauen Früchte aus den Auslagen. Die Gauloises sind alle, also fangen wir wieder an, Kippen aufzusammeln, in Paris kein Problem. Zum Schlafen gehen wir in irgendwelche Häuser, wir lassen uns auf dem obersten Treppenabsatz nieder, um ungestört zu sein, die Fußabtreter nehmen wir als Kopfkissen. Eines Morgens gehen wir in eine Kirche, wir suchen den Pfaffen, und der Brecher fragt: «Wir sind auf der Walze, Hochwürden, könnten Sie uns wohl aushelfen?» Zehn Francs läßt der Pfaffe springen, sagt, daß das alles wäre, was er tun könnte, daß wir es bei der Heilsarmee oder in der Rue du Château-des-Rentiers versuchen sollten. Ich sage: «Danke, der Herr» und der Brecher: «Auf Wiedersehen, Hochwürden». Wir kaufen Brot und Gauloises. Wir laufen zum Kahn der Heilsarmee, es kostet zwei Francs für die Nacht, wir haben die zehn Francs vom Pfaffen ausgegeben, also versuchen wir's in der Rue du Château-des-Rentiers.

Dort ist es für lau. Es macht um sechs Uhr auf. Wir sind zu früh, warten. Die Clochards kommen nach und nach, besoffen, und machen sich auf dem Bürgersteig breit, einer der Penner bietet uns einen Schluck Roten an, er hat einen Zylinder auf und einen Schwalbenschwanz an, man kann seine Eier sehen, so in Fetzen ist seine Hose. Er behauptet, Herzog zu sein, richtiger Herzog, und kotzt über die Schuhe vom Brecher. Wir haben zuviel Hunger, wir gehen rein. Wir gehen unter die Dusche, bekommen DDT verpaßt. Im Speisesaal kriege ich Suppe und Brot nicht runter, der Brecher will eine Extraportion. Wir legen uns im Schlafsaal hin, es furzt, es hustet, es wird auf den Boden gespuckt, es riecht nach Wein, Pisse und Gekotztem.

Ich sage zum Brecher: «So richtig wohl fühle ich mich hier nicht, und wie geht's dir?» Er antwortet, daß er nicht pofen kann, es ist, als ob es ihn überall juckt.

Ich kann nicht pennen, mir ist nach Kotzen.

Als wir rausgehen, atme ich tief durch. Ein Typ fragt uns, ob wir Lust haben, im Außendienst zu arbeiten. Der Brecher fragt zurück: «Für Herrenoberbekleidung oder was?», und der Typ erklärt, daß er Schornsteinfeger in Paray-Vieille-Poste ist und daß es darum geht, an den Haustüren die Leute zu fragen, ob sie gefegt haben wollen. Er würde uns drei Tage zur Probe nehmen, mit Kost und Logis. Wenn wir dann nicht einsteigen, kriegen wir zehn Mäuse von ihm und können uns woanders umschauen. Bei der Vorstellung, daß wir die Leute fragen, ob sie einen Feger brauchen, müssen wir loslachen. Wir sagen zu und steigen in den Lieferwagen vom Schornsteinfeger, in dem schon zwei andere Penner sitzen.

Wir sind zehn Penner in diesem Keller in Paray-Vieille-Poste. Unsere Mahlzeit kochen wir in einer riesigen Blechschüssel, zum Essen setzen wir uns auf den Bettrand. Der Schornsteinfeger bringt uns morgens in irgendein Dorf, und wir klingeln an den Türen: «Schornsteinfegen gefällig?» Beim Brecher läuft es ganz gut, ich tue in drei Tagen nicht einen Kunden auf. Der Typ gibt mir die zehn Francs.

Der Brecher bleibt: das Essen und der Pennplatz, nicht schlecht. Ich sage: «Mach's gut, Kumpel, vielleicht sehen wir uns einmal wieder, wer weiß...» Wir küssen uns auf die Wange.

Das Geld reicht gerade für ein Päckchen Gauloises und eine Busfahrkarte nach Paris.

II
Gloria

Es ist Ende Juni, ein warmer Vormittag. An der Porte d'Orléans steige ich aus dem Bus. Ich weiß nicht, wohin. Ich erinnere mich an die geschminkten Nächte in der Gegend der Place Blanche oder der Place d'Anvers, das Neonlicht, den Geruch von Fritten und Pissoirs. Roland. Ich steure auf Montparnasse zu, klaue drei Äpfel aus den Auslagen eines Lebensmittelhändlers. Ich laufe zur Seine, komme zur Place de la Concorde, zur Madeleine, weiter dahin, wo es nach Fritten und Pissoirs riecht.

Ich trage meinen Dreck in die Sonne des Boulevards zwischen Barbès und Clichy, ich bin zu schmutzig, um jemanden aufzureißen. Ein magerer und pickliger Typ kommt auf mich zu, seine Fresse sagt mir irgendwas, er fragt, ob ich nicht vor sieben oder acht Monaten in Fresnes war. Ihn hätte man Pustel genannt wegen seiner Pickel. Er stinkt genauso wie ich, ich frage ihn nach einem Pennplatz, er sagt, daß er dafür in einen Keller geht, daß ich da auch hin kann, daß ich abends hier auf ihn warten soll.

Also warte ich. Wie die zahn- und alterslosen Tucken, die auf den Bänken in der Nähe der Pissoirs sitzen und sich in ihrer feuchten Aussprache unterhalten, wie die armen Säcke, die betteln und dabei Selbstgespräche führen, wie die Transen mit ihren knospenden Brüsten unter zu kurzen T-Shirts. Es ist staubig, und dazu der Geruch der Frittenbuden – wie eine Kirmes.

Ein großer Typ mit einem Rest von roten Haaren und einer Brille für Kurzsichtige, dazu dunkler Anzug und rote Krawatte, an den Füßen Clarks. Er geht an mir vorüber, kehrt um, kommt noch einmal vorbei, lächelt. Ich setze mich auf eine Bank, lasse einen Platz frei zwischen mir und den Tucken.

Er sagt: «Ganz schön heiß, was, Tagchen, ich heiße Roger, ich hab dich hier noch nie gesehen, bist du aus dem Viertel?»

Ich antworte: «Nein, ich bin eher zufällig hier, ich weiß nicht, wo ich heute nacht schlafen soll, ich suche noch.»

Er sagt: «Du bist ein hübscher Kerl, was ist dir denn passiert?»

Ich erzähle ihm von Fresnes, von Brügge, von der Walze. Er sagt, daß ich diese Nacht bei ihm schlafen kann, daß er zwar mit seiner Mutter lebt, aber achtgeben wird, daß sie mich nicht reinkommen sieht. Ich sage: «In Ordnung.» Auf jeden Fall besser als der Keller von Pustel.

Und der Rotkopf erzählt sein Leben, er hört gar nicht mehr auf. Er sagt, daß ein Araber versucht hat, ihn zu erstechen, in einem Pissoir (einer Klappe) bei der Porte de Clignancourt, Lunge und Bauchhöhle schwer mitgenommen, und seither – «ich weiß nicht, bin ich nicht mehr derselbe, ich habe keine Lust zu gar nichts mehr» (er war Oberkellner). Und er erzählt von seinem Alten, daß er tot ist, daß er ihn nie gekannt hat, von seinem Bruder, diesem Arschloch, der sich seinetwegen schämt, weil er schwul ist, und von Tantchen, der Schwester seiner Mutter. Tantchen lebt mit ihrem schwulen Sohn und dessen Liebhaber zusammen, der ihm abends vor der Glotze Pullover strickt. Der Rotkopf sagt, er hat viele Liebhaber, einen Tripper und eine Syph gehabt.

Irgendwann stehen wir auf und gehen den Boulevard lang spazieren. Er kennt alle Schwulen zwischen Barbès und Clichy: «Hallo Schätzchen, na Liebes, und guck mal da auf der Bank, die alte Schwuchtel, die hat 'nen künstlichen Darmausgang, ich wette, daß sie's sich in den Kunstarsch machen läßt, und die direkt daneben, die war mal Bulle, aber seit ihr Typ sich eine Kugel in den Kopf gejagt hat, macht sie in Schnapsdrossel, hallo, meine Süße, und der Alte, der da gerade vorbeigeht, der aussieht wie ein Penner, das ist Brötlein, keine Ahnung, was der um diese Zeit auf dem Boulevard treibt, er reißt nie auf, aber morgens legt er Brot in die Klappen, das sammelt er abends in einer Plastiktüte wieder ein, und zu Hause riecht er erst dran rum, und dann frißt er's, die alte Sau!»

Ich habe Hunger, er gibt mir ein Würstchen und Fritten aus, Gauloises auch, meine sind im Laufe seines Lebens alle geworden.

Es wird dunkel, die ersten Neonlichter leuchten auf, Pustel wartet vielleicht. Wir gehen die Rue Dancourt lang zur Place Charles-Dullin, der Rotkopf zieht mich in einen Hausflur. Wir berühren uns. Ich blase ihm einen, er will mich bumsen, ich will es nicht, es hat zu weh getan beim ersten Mal.

Er sagt, daß er mich mag und daß er Lust hat, mit mir zusammenzuleben. Ich antworte: «Warum nicht?» Er hat keinen Ton über meinen Gestank gesagt. Wir gehen zu den

Hochhäusern am Boulevard Ney, wo er mit seiner Mutter in einer Sozialwohnung wohnt.

Die Mutter merkt nichts: «Bist du's, Roger?»

«Ja, Mamachen, schlaf nur.»

Wir versuchen, beim Vögeln keinen Lärm zu machen, um sie nicht zu wecken. Ich streichle seine Narben.

Er fragt: «Was hast du da am Arm?»

«Eine Reiseerinnerung.»

«Ach ja? Ziemlich scheußlich.»

«Ich war lange unterwegs. Gute Nacht.»

▮

Sie ist auch rothaarig, und riesig, und sie schreit: «Wer ist das nun schon wieder und wo hast du den aufgegabelt und läßt dich die ganze Nacht neben deiner Mutter durchvögeln –» Der Rotkopf antwortet: «Das ist ein Freund, er wußte nicht, wo schlafen, er bleibt für einige Zeit hier wohnen.»

«Der arbeitet doch bestimmt nicht und du auch nicht mit deinen dreiundreißig Jahren und glaub ja nicht ich unterhalte euch beide in meinem Alter und in zwei Monaten gehe ich in Rente –»

«Reg dich doch nicht auf, Mamachen, das ist schlecht für deinen Blutdruck.»

«Halt die Klappe du Schwanzlutscher du wirst deine Mutter noch unter die Erde bringen und sag dem Typen er soll verdammt unter die Dusche weil er stinkt wie die Pest –»

Ich fühle mich nicht wohl in meiner zerlöcherten Unterhose.

Sie macht dann doch Kaffee für alle, der Rotkopf gibt mir ein paar Klamotten, und wir verziehen uns auf den Boulevard, spazieren.

Er sagt: «Gib da nichts drauf, das ist die Fabrik, die sie so vulgär macht, zwanzig Jahre Ideal-Standard, aber ich kenne sie, sie ist nicht bösartig, ich bin sicher, daß sie dich gernhaben wird.» Und führt mich auf dem Boulevard ein. Ich drücke feuchte und weiche Hände.

Er sagt: «Das ist mein Kumpel José mit seinem jugoslawischen Freund Mariano, und Bernard, sein Ex.»

Er sagt zu José, daß ich sein neuer Freund bin, und José sagt zu mir: «Herzliches Beileid, meine Teuerste...»

José imitiert die ganzen Schwulen vom Boulevard: die Klappsitz, die sich in den Kinos von Barbès auf die Schwänze draufsetzt, ihre Hosen haben einen Reißverschluß auf der Rückseite, dann Eisenfresse, die mal in einer Klappe niedergemacht wurde. Ihren Kopf hat es gegen eine Eisenplatte geschlagen, unter den heftigen Stößen von einem, der so aufgegeilt war, daß er nichts davon merkte. Sie ist in der Pisse zusammengeklappt, und die Feuerwehr hat sie auf dem Asphalt wiederbelebt.

José, mit toupiertem Haar und gezupften Augenbrauen. An seinem Zeigefinger trägt er einen riesigen Silberring mit einer Lilie drauf. Er ist die Königin vom Boulevard.

Ich begegne Pustel, er fragt, was ich da mache, ich sage: nichts. Er schlägt vor, daß wir uns zusammentun, und erzählt, er würde besoffene Freier ausnehmen, und ich frage: «Was ist das, ein Freier?»

«Na, das ist ein Schwuler, der fürs Ficken zahlt, und manche von denen sind einfach hackedicht, also du machst sie an und bringst sie zu einem Parkplatz oder sonstwohin, wo's ruhig ist, ich warte dann da, und wir bedienen uns in aller Ruhe, das heißt, manchmal sind sie nicht blau genug, da muß man dann zulangen, also was sagst du dazu?»

«Das ist nichts für mich, weißt du, ich hab keine Böcke, wieder einzufahren, lieber gar nichts machen.»

Er sagt: «Du ziehst dir die Kundschaft wohl lieber ganz rein, was?» Ich frage: «Was meinst du mit Kundschaft?»

«O Scheiße, du bist vielleicht 'ne hohle Schüssel! Freier und Kundschaft – alles das gleiche!»

Tagsüber zwischen Clichy und Barbès, abends in der 3-Zimmer-Küche-Bad-Wohnung. Der Rotkopf bläst mir nie einen, ich blase, er träumt davon, mich zu ficken, sagt, daß ich schon noch dazu kommen werde. Wenn er abgespritzt hat, hole ich mir einen runter.

Ideal-Standard schreit rum. Daß ihr Sohn von einem Kanaken fast abgestochen wurde, weil er den Kanaken ficken wollte, aber der Kanake wollte nicht. Einen Kanaken ficken wollen, selber schuld!

Und dann noch so was: «Himmelarsch, was habe ich bloß angestellt, daß ich so eine Scheiße am Hals hab, so ein Geschmeiß habe ich doch nicht in die Welt gesetzt!?»

Aber sie mag mich, auch wenn sie brüllt: «Du wirst den Jungen noch verderben, er ist zu jung für dich, er ist noch nicht so versaut wie du, laß ihn, sag ihm, er soll gehen!»

Am liebsten würde ich Ideal-Standard rausschmeißen, aber der Rotkopf sagt, daß er sie nie im Stich gelassen hat und nie im Stich lassen wird, auch nicht für einen Typen.

Sonntag morgen, wir sind im Bett, und Ideal-Standard reißt die Tür auf. Ihre Augen sind rot, ihre Haare stehen in alle Richtungen ab, ihre rechte Brust rutscht aus dem Morgenmantel, riesig. Sie schreit: «Es reicht mir jetzt, ihr beiden dauernd in der Kiste und nichts als Ficken, und wann geht der kleine Scheißer endlich mal arbeiten?»

Ich nehme meine Klamotten und sage zum Rotkopf: «Ich verzieh mich, kommst du mit oder bleibst du?» Und ich warte auf dem Treppenabsatz, Hände in den Taschen, Koffer habe ich nicht.

Er rennt zwischen seiner Alten und dem Treppenabsatz hin und her. «Hör einfach nicht hin, sie meint nicht, was sie sagt...»

«Diese Scheißschlampe kotzt mich an, klar?»

«Hör nur, hör dir das an, was er über deine eigene Mutter sagt, und den habe ich seit Wochen durchgefüttert! Du wirst doch nicht mit diesem Dreckskerl gehen!»

Und ihr Sohn sagt: «Ich komme mit dir.» Er heult. Er packt seine Klamotten in einen Koffer.

Ideal-Standard sinkt auf einen Küchenhocker. Sie heult und brüllt: «Ich will tot sein, tot sein, tot sein!»

Königin José thront in ihrem winzigen Restaurant Rue des Roses. An der Decke ist roter Samt, in der Mitte eine Brokatrose. Weiße Spitzendecken. Bernard spült das Geschirr, Mariano empfängt die Gäste. Eine gewisse Kundschaft. Wir schlafen irgendwo auf einer Bank in diesem Puff, wenn Königin José den eisernen Rolladen runtergelassen hat. Für ein paar Tage.

Der Rotkopf findet ein Quartier in der Nähe vom Boulevard de la Chapelle, Rue Cail. Es gibt ein Waschbecken, ein Bett, einen Kocher, alles von Königin José geliehen, die auch Miete und Kaution vorgestreckt hat. Keine Vorhänge an dem Fenster. Aber das geht sowieso auf eine Mauer.

Der Rotkopf verbringt seine Tage in der Wohnung am Boulevard Ney, er macht ihr den Haushalt, das Geschirr und die Einkäufe. Ich finde einen Job in einer Bank, im Archiv. Nicht lange, eine Woche. Ich hätte mich entschuldigen müssen, als ich die Tante vom Schalter über den Haufen gerannt habe. Sie hat rumgestänkert, daß ich ihren Bauch getroffen hätte, daß ich mich nicht entschuldigt und das sowieso mit Absicht gemacht hätte. Ich hatte sie gar nicht gesehen, weder sie noch ihren Bauch, aber als ich ihn sah, dieses Riesenteil, habe ich geschrien: «Der Bastard in deinem Bauch kann mich mal, und du kannst meinetwegen krepieren und er mit!» Habe meine Jacke geschnappt und bin abgezogen.

So ein Archiv stinkt, es ist ziemlich traurig und grau, wie die Bude in der Rue Cail, wie der Boulevard und die Hochtrasse der Metro zwischen Chapelle und Barbès. Weiter dann, hinter Barbès, da sind die Neonlichter und die Gerüche.

An der Metrostation Anvers steige ich aus, ich grüße die Tucken, aber rede nicht mit ihnen. Ich hab nie gerne geredet. Ich gucke rum und warte auf die Nacht.

Vom Boulevard Ney bringt der Rotkopf was zu essen mit, manchmal auch einen Zehner.

Er sagt: «Sieht nicht gut aus, wir haben keine Knete mehr, ich suche zwar 'nen Job, aber du weißt, meine

Augen, ich sehe immer weniger, deshalb krieg ich keine Arbeit.» Dann nimmt er mich in die Arme und sagt: «Du bist wichtig für mich, aber du bist verdammt jung, und wenn ich dich behalten möchte, darf ich dich nicht binden – das solltest du nutzen, und wenn dir jemand was zu essen oder Kohle anbietet, sag nicht nein. Du wirst sowieso eines Tages zurückkehren.»

Ich antworte: «Wo soll ich denn hingehen?»

Ich lehne an einem Baum in der Nähe der Klappen bei der Metro Anvers, der Mann fragt: «Wieviel nimmst du?» Ohne zu überlegen, antworte ich: «Fünfzig.» Er sagt: «Glaubst du nicht, daß das was teuer ist?» Ich sage: «Nein, und das Zimmer zahlst du auch.»

Vorne fehlt ihm ein Zahn, er hat eine Spießerkappe auf, er sagt: «Wir gehen ins Royal, da fragt niemand nach.» Und der Typ an der Rezeption schiebt ein Anmeldeformular rüber. Der Freier sagt, daß das nicht nötig ist: wär nur für ein Weilchen.

Der Freier legt einen Schein auf den Nachttisch, wir ziehen uns aus, er legt sich aufs Bett. Ich blase ihm einen, er sagt: «Nicht so schnell, ich komme ja gleich, wir haben doch Zeit.»

Er will mich küssen. Ich drehe den Kopf weg, sage, daß ich so was nicht mache. Er fragt nicht weiter.

Er sagt: «Du bist schön, wie alt bist du?» Ich sage: «Achtzehn.» Lange streichelt er mich, es reicht mir, ich will, das es ihm kommt, daß er verschwindet, also nehme ich seinen Schwanz in den Mund und mache es ihm schnell, atme heftig durch die Nase, er kommt ohne Vorwarnung, ich denke ans Geld, unterdrücke den Wunsch zu kotzen. Wortlos ziehen wir uns an. Ich spüle mir am Waschbecken den Mund aus. Ich habe Hunger.

Ich kaufe Fritten und Gauloises.

Ich sage dem Rotkopf: «Ich hab mir einen Typen reingezogen, hab fünfzig Mäuse von ihm bekommen und mir Fritten und Gauloises gekauft, hier ist der Rest, fürs Essen morgen.» Er sagt: «Das hat du gut gemacht, alle Achtung, billig bist du nicht.»

Ich lege mich hin, meinen Kopf auf seine Brust, ich möchte erzählen, irgend etwas sagen. Aber er schläft schon, es lohnt nicht.

Ich nehme den Fetzen Papier vom Einkaufszettel. Man kann die Nummer nicht mehr gut lesen, grad hinter... *Kilo Äpfel*.

«Ich bin's, wie geht's dir?» Sie seufzt. «Ich war schon in Sorge. Hast du Probleme, wo steckst du?» Ich sage ihr, daß ich in der Stadt bei einem Freund wohne, daß ich in einer Bank arbeite und sonst alles zum besten steht. Sage ihr, daß sie sich auch wegen der acht Monate Knast keine Sorgen machen soll, daß ich vor Gericht war und die Richter mir auf die acht Monate Bewährung gegeben hätten.

Sie sagt: «Das freut mich, Alain ist auch aus dem Gefängnis, er ist in Paris in der Rue Poissonnière, ich glaube, er will heiraten.»

«Das ist ja fein. Gut, ich wünsch dir was.»

«Ich dir auch, mein Großer, und viel Glück...»

Ich mache mir die Haare glatt (so wie auf den vergilbten Fotos, unsere einzige Ähnlichkeit, außerdem kann ich meine Locken nicht leiden), steige in eine zu enge Hose, lehne mich gegen einen Baum und warte. Ich schaffe auch auf Klappen an. Im Royal nehme ich fünfzig, aber auf Parkplätzen und in Autos blase ich auch für dreißig, und wenn die Freier mich ficken wollen, dann laß ich sie.

Ich sage mir, daß es mit der Zeit weniger weh tun wird.

Mimi die Postschlampe, früher mal Briefträger, reißt in falschem Pelz, zusammen mit der Fetten Francine, am Boulevard de Clichy, Ecke Rue Houdon Kundschaft auf. Die Fette Francine findet keinen passenden Fummel und träumt von zarten roten Lackschühchen, aber das geht nicht, sie hat Größe 45. Und dann Gloria. Wenn ein Typ vorbeikommt, singt sie zu einer Opernmelodie: *«Ich bin Gottes Gloria, kommt, ich bin zum Ficken da...»* Ihre Haare sind ziemlich kurz und blond gefärbt, und unter dem weiten Pullover, der ihr bis zu den Knien reicht, drängeln sich ihre Hormonbrüste vor. Ihre Schuhe haben Absätze à la Louis XV.

Ich hatte einen Freier in ihrem Revier abgeschleppt. Mimi die Postschlampe hat gesagt: «Was treibst du dich da rum, Süßer, du hast hier nichts verloren.» Und die Fette Francine hat noch eins draufgesetzt: «Zieh bloß ab, du störst.» Da hat Gloria losgeschrien: «Scheiß hier nicht rum, du Miststück! Das ist mein Hüpfer, merk dir das, und außerdem faßt er deine schmierigen Freier sowieso nicht an, du Pißflitsche!» Die Fette Francine schiebt noch hinterher, daß wir uns verpissen sollten, und Mimi die Postschlampe meint, man kann nirgends mehr in Ruhe anschaffen, verdammte Scheiße! Gloria nimmt mich am Arm: Laß uns einen trinken gehen.

Im «La Nuit», dem Treffpunkt von Nutten und ihren Freiern, warte ich mit Gloria auf das erste Neonlicht, trinke einen Kir und rauche ein paar Gauloises. Sie säuft wie ein Loch, und als sie betrunken ist, erzählt sie eine Geschichte, die in einem Riesenbunker in Neuilly spielt, mit Kristalleuchter («wie echte Klunker»), Parfumflaschen auf dem Frisiertisch, Pelze und Kleider im Ankleideraum. Ein Herrenzimmer mit Bildern von irgendwelchen Leuten an den Wänden («herr-schaft-lich, mein Schatz»). Ein weißer Rolls-Royce setzt sie jeden Morgen an der Schule ab, der Chauffeur trägt eine schwarze Mütze. Und die Sonntage auf dem Land, in Le Vésinet. Der Swimming-pool, der gepflegte Rasen, der Park. Und die Reisen: London, New York («Ah! Die Wolkenkratzer, wie riiiesige Schwänze! Da wird einem ganz schwindlig, Häschen!»). Sie erzählt ihre Geschichte nicht zu Ende, sie sagt nichts mehr. Sie holt aus ihrer Handtasche das Foto eines Kommunionkindes, die Haare sind schwarz und die Augen traurig. Sie sagt, daß sie das Foto gern hat, wegen des Kommunionkleids. Sie heult, ihre Wimperntusche verläuft.

Hinten auf dem Foto steht: *François. La Courneuve, Juni 1961.*

Sie arbeitet in einem Altersheim. Königin José fährt uns in ihrem Auto nach Fontenay. Sie trägt einen weißen Kittel. Auch ihre Haare sind weiß. Sie zieht den Kittel aus und streicht mit den Händen ihr Haar zurecht. Ich stelle ihr den Rotkopf und Königin José vor: «Freunde von mir...» Adoracion ist auch da. Ich sage: «Tag, kleine Schwester!» und gebe ihr einen Kuß. Königin José sagt: «Ach, der ist ja niedlich! Tag, mein Kleiner», und der Rotkopf sagt: «Sehen Sie's ihr nach, für sie ist alles männlich...»

Wir wissen nicht, was wir reden sollen, also erzählt sie von ihren Alten. Sie sagt, daß sie ihre Alten gern hat und ihnen manchmal Lieder von früher vorsingt. Sie sagt, daß ihre Tochter in der Schule fleißig ist, immer Klassenbeste, und ihr Sohn Alain ist neulich auch gekommen, sie ist zufrieden.

Königin José seufzt leise und toupiert sich mit den Fingern eine Strähne. Der Rotkopf zupft ein Stäubchen vom Kragen meiner Jacke.

«Fährst du schon wieder?»

«Nächstes Mal komme ich für länger.»

Der Rotkopf und Königin José warten im Auto. Sie sagt: «Ich mag deine Freunde nicht, ich mag ihre Art nicht.» Ich antworte: «Ich auch nicht, ich erklär's dir später.»

«Laß sein, ich verstehe schon. Ich hoffe, du bist glücklich, mein Großer.»

Ein Kuß zum Abschied. Sie sagt: «Komm das nächste Mal allein.»

Wir hatten uns nichts zu sagen, ich hätte nicht kommen sollen.

Alain lebt in einer Bude unterm Dach. Drin steht nur ein Bett, mit einem Laken drauf.

Er sagt: «Grüß dich, kleiner Bruder, lange nicht gesehen, du hast dich überhaupt nicht verändert. Schau, das ist Cricri, wir heiraten demnächst.»

Cricri sitzt auf der Bettkante, sie ist klein, blond und mager, eine Gauloise im Mundwinkel, sagt: «Hallo.» Alain sagt: «Hab gehört, du wohnst mit 'nem Typ zusammen, war für die Mutter wohl 'n Schlag, wo sie dich schon mit einem Haufen Kinder gesehen hat.»

Ich antworte, daß mir Kinder völlig schnurz sind, wozu sollen die gut sein? Er sagt, er hofft doch, daß ich sein Kind mag, weil Cricri nämlich schwanger ist. «Oder, Cricri?»

«Doch doch, stimmt schon.»

Ich frage ihn, was er in La Rochelle getrieben hat. Er sagt, daß er sehen wollte, wo der Vater gelebt hat, aber er hat sich an nichts mehr erinnert. Nur ein Boxring. Er sagt: «Ich habe nur einen verdammten Grabstein auf dem Saint-Nicolas-Friedhof gefunden, bin dann nach Sainte-Soulle gefahren. Außer Père Michaud war niemand auf dem Hof. Er hat uns beide mit Pernod versorgt und dann erzählt. Das erste Mal, daß er soviel geredet hat. Die Nounou hat das Zeitliche gesegnet, aus Kummer, sagen die Leute, wegen Danielle, die irgendwann abgezogen ist, um in La Rochelle anzuschaffen. Nounou hat den ganzen Tag geheult. Sie hat nichts mehr gegessen, ist rumgelaufen wie ihr eigener Schatten. Sie hat immer nur an Danielle gedacht und eines Abends dann im Krankenhaus ihr Leben beschlossen. Ich hätte das nicht gedacht, wenn man weiß, wie sie deine ‹Angetraute› verdroschen hat... Es waren nicht viele Leute beim Trauerzug: Jacky war auf See, er ist Matrose auf einem alten Frachter, Raoul wollte nicht kommen. Er geht in La Rochelle aufs Gymnasium, paukt wie ein Blöder... Aber die Nounou hat schon gut gelebt. In den Zwanzigern hat sie in Paname residiert, in der Rue d'Alésia, nicht weit von dem Mietshaus, wo wir gewohnt haben. Sie brauchte nicht zu arbeiten, Schampus und Typen soviel sie wollte, Leben im großen Stil halt. Luxusnutte. Und dann, eines Tages, verknallt sie sich unsterblich in einen Kerl, und der läßt sie sitzen, von einem Tag auf den anderen, haut ab. Sie kommt also nach La Rochelle zurück, wo sie geboren ist, und wird Engelmacherin. Die ganzen Bürgerfrauen aus der Gegend haben sich bei der Nounou auskratzen lassen, sogar das dicke Weib vom Kommissar. Was der gar nicht geschätzt hat. Er hat sich Nounou vorgeknöpft und sie für zwei Jahre in den Knast gebracht. Dann hat sie Père Michaud getroffen und hat sich in den Dreißigern in Sainte-Soulle verkrochen, keinen Fuß mehr nach Paname gesetzt... Sie hat wohl an die siebzig Blagen vor uns aufgezogen, aber selbst hat sie kein Kind gehabt. Als ich weg bin, hat Père Michaud gesagt: ‹Ach Kinder, ihr fehlt mir.› Verdammt, ich hätte fast geheult. Also, kleiner Bruder, wegen der Hochzeit werde ich dir 'ne Karte schicken.»

Ich erinnere mich. Sie sprach manchmal von Paname. Ich dachte immer, das wäre ein Mann.

Gloria fragt, ob ich mit ihr zusammen eine Nummer schieben will. Sie sagt: «Du wirst schon sehen, ist 'ne einfache Kiste.» Der Typ wartet im Neonlicht eines Striplokals.

Wir gehen zu Gloria in die Rue Lepic: ein Bett, ein Stuhl, ein Tisch. Auf dem Tisch leere Weinflaschen, Tablettenröhrchen und ein Kerzenhalter aus Blech. Die Wände sind nackt und weiß. Über dem Bett hängt eine Vergrößerung des Fotos mit ihr als Kommunionkind.

Der Freier steht nackt im Zimmer, er ist feist, er schwitzt, er ist glitschig. Er will, daß ich Gloria ficke, also schiebe ich ihr meinen Schwanz in den Arsch. Der glitschige Typ onaniert und stöhnt leise.

Er sagt: «Du fickst Gottes Gloria, was? Sag, daß du Gottes Gloria fickst!»

Gloria flüstert mir zu: «Mach schon, sag's.» Also rufe ich laut: «Ich ficke Gottes Gloria! Ich ficke Gottes Gloria!» Der glitschige Typ kommt, er heult. Er legt zwei Fünfziger aufs Bett und sagt: «Auf Wiedersehen, Kinder.»

Gloria sagt: «Guten Abend, Hochwürden...»

Wir essen Fritten und kippen ein paar Kir. Gloria glaubt, daß der Glitsch früher mal Pfarrer war. Ich meine nichts dazu. Aber dieser Freier hat wirklich 'nen Schuß.

▪

Wir haben uns in einer Kneipe in Vincennes verabredet. Sie ist beim Friseur gewesen und hat Blau auf den Augenlidern. Sie fragt: «Wie gefalle ich dir?» Ich sage «Spitze».

«Und mein Mantel? Hab ich selbst gemacht.»

«Die Farbe ist gut...» Ich bestelle mir einen Kir und für sie eine heiße Schokolade. Draußen gießt es, wir schweigen. Sie schaut mich lächelnd an.

Sie fragt, ob ich immer noch zeichne. Ich antworte, daß mir der Job bei der Bank keine Zeit dafür läßt und ich außerdem keine Lust habe. Sie sagt: «Ich habe wieder angefangen zu malen, wenn du wüßtest, wie das entspannt. Ich male Gesichter, die ich erfinde – Landschaften mag ich nicht, die muß man außerdem sehen, um sie zu malen...»

Ein Mann schaut sie an. «Ich glaube, der Typ da fährt auf dich ab.» Sie wird rot und sagt: «Dummkopf! Das ist vorbei für mich, ich bin schon lange keine Frau mehr... Nach der Geburt von deiner Schwester ist er mir nicht mehr über den Bauch gestiegen. Ich hab versucht, ihm was klarzumachen, aber er hat sich nicht drum gekümmert... Ach weißt du, die Männer...»

Ich rutsche auf meinem Stuhl hin und her, bestelle noch einen Kir. Sie findet, ich pichle zuviel.

Ich sage: «Du hast recht, die Männer sind alle zum Kotzen!» Sie lacht los: «Aber wie redest du denn da, mein Großer!» Jetzt werde ich rot. Ich hebe mein Glas: «Cincin!» Auf ihren leeren Bauch. Und auf meinen, der oft voll ist.

Ideal-Standard taucht eines Morgens ohne Vorwarnung in der Rue Cail auf. Sie setzt sich auf die Bettkante und sagt, daß es ihr leid tut, daß sie das nicht wollte, daß ich kein Arschficker bin, sondern ein guter Junge. Ich sage:

«Ist schon gut, und vielleicht bin ich ja auch ein Arschfikker, was, Roger?» Er antwortet, daß ich Mutter noch schockieren werde.

Sie sagt, daß sie seit gestern auf Rente ist und ihr langweilig wird. Und Weihnachten ist sie auch alleine. Darauf ich: «Meinetwegen, Weihnachten geht in Ordnung.»

Der Rotkopf gibt mir einen Kuß und sagt, daß er mich phantastisch findet, und als die Alte weg ist, meint er: «Wir brauchen ein Geschenk für sie.» Ich antworte, daß mir schon was einfallen wird.

In einem Laden bei Sacré-Cœur lasse ich ein Gesangbuch mitgehen, und in einem Prisunic ein Schultertuch. Ich packe das Gesangbuch in Goldpapier ein, wickle ein rotes Band darum, mache einen Knoten und kräusle die Enden.

Ich sage zu Gloria: «Das ist für dich, zu Weihnachten.»

Im Neonlicht reißt sie das Goldpapier auf. Sie öffnet das Buch, blättert darin, faßt es zärtlich an, beschnuppert es. In ihren geschwollenen Augen ist so etwas wie ein Funkeln.

Sie sagt: «Das ist hübsch, und riechen tut es auch gut. Danke, mein Lieber, du bist schon ein ulkiger Kerl.» Sie steckt das Gesangbuch in ihre Handtasche und sagt, daß sie es zum Anschaffen mitnimmt. Wir geben uns einen Kuß. Sie riecht nach Kir und Gauloises.

Bei Ideal-Standard, Boulevard Ney, gibt's einen Weihnachtsbaum mit falschem Schnee, Kugeln und Girlanden. Außerdem sind da: das Tantchen, ihre Schwester, dunkelhaarig und sehr zierlich (das ist doch nicht möglich, die sind nicht vom selben Schwanz), ihr Sohn Gilbert und Jean-Claude, sein Liebhaber («Meine Schwägerin», hat der Rotkopf gesagt). Königin José thront am Ende der Tafel. Jean-Claude nennt Gilbert «Liebling» und tranchiert ihm ein Stück Truthahn mit Kastanien.

Königin José imitiert die Tunten vom Boulevard, Tantchen sagt nichts und schaut auf ihren Teller, Ideal-Standard brüllt vor Lachen. Der Rotkopf bringt einen Schokoladenbaumkuchen, der Weihnachtsmann darauf ist aus Plastik. Gilbert und Jean-Claude befummeln sich unterm Tisch.

Ich gebe Ideal-Standard das Schultertuch, sie schenkt mir einen Gürtel mit einer dicken goldenen Schnalle, die aussieht wie ein Löwenkopf. «Um deine Hose zu halten», sagt sie und kann nicht mehr aufhören zu lachen, ich bin betrunken und lache mit.

Ich schaffe es aufzustehen, hebe mein Glas mit Asti, schwanke dabei und gröle: «Auf Gloria! Und welches Arschloch hat Mandarinen unter den Weihnachtsbaum gelegt? Ich mag keine Weihnachtsmandarinen!» Ich glaube ich muß kotzen.

Königin José sagt: «Gloria, die alte Saufnase! Findet die überhaupt noch Freier?»

Jean-Claude fragt den Rotkopf, wo er diesen Typ aufgegabelt hat, Tantchen murmelt «Mein Gott», Ideal-Standard kommt mit einer Emailschüssel.

Sie sagt: «Du bist abgemagert und blaß, außerdem hast du immerzu diese Hose an, in der man alle... *Teile* sieht, so eng ist sie, und in so einem Aufzug arbeitest du bei der Bank?»

Ich antworte, daß ich diese Hose gerne mag, sie ist wie

eine zweite Haut, und bei der Bank ist ihnen das egal, im Untergeschoß sieht man meine *Teile* nicht: «Und außerdem, mach dir keine Sorgen, ich hab genug zu essen. Und wie schaffst du das, immer zu lächeln, verdammt noch mal?» Sie sagt, daß sie schon immer gelächelt hat, seit dem Tod ihrer Eltern. Sie war vierzehn, was blieb ihr anderes übrig.

Sie sagt: «Manchmal ist es nicht einfach, aber man muß es versuchen, und vor allem muß man träumen. Ich träume oft. Ich schließe die Augen und denke mir Farben aus, das ist schwierig, aber ich schaffe es und versuche dann, die Farben, die ich mir vorgestellt habe, auf meiner Palette wieder hinzubekommen.»

Sie holt ein Taschentuch raus und wischt sich die Augen, lacht. Sie sagt: «Ach, du Hornochse, wie sieht das aus, wenn ich hier mitten im Café heule, und außerdem trinkst du wirklich zuviel, das ist dein drittes Glas in zwanzig Minuten, hier, das Päckchen ist für dich, ein gutes neues Jahr, mein Großer, und kauf dir eine andere Hose...» In dem Päckchen ein Heft mit Zeichenpapier, Stifte, Zeichenkohle und ein Radiergummi.

In der Rue Cail schiebe ich das Päckchen unters Bett. Ich gehe den Boulevard hinauf, bis zur Metrostation Anvers.

Königin José hat uns für einen Tag ihr Auto geliehen. Ideal-Standard hat eine Thermoskanne mit Kaffee und ein Freßpaket vorbereitet. Sie will Verdun sehen. Sie sagt: «Nicht so schnell, du fährst uns noch zu Brei! Wo du selbst mit Brille nichts siehst!» Der Rotkopf geht vom Gas: «Ist ja gut, Mamachen.» Der Rotkopf ist glücklich. Er sagt: «Heute gibt's keine Brote, zur Feier des Tages laden wir dich zum Essen ein.» Er fragt, ob ich Kohle dabeihabe. Ein bißchen.

Wir halten an einer Raststätte. Die Tischdecken sind aus weißem Papier; auf unseren Tellern Steaks mit Fritten. Wir trinken Wein aus einer Flasche mit Sternen am Hals. Ideal-Standard ist zufrieden. Sie sagt, daß sie immer von Verdun geträumt hat, weil ihr Großvater 1914 da in der Gegend gefallen ist.

Ich zeichne ihr Porträt auf das Tischtuch. Die Nase der Alten landet auf einem Fettfleck, das Papier zerreißt. Es fängt an zu gießen, alles ist grau, es gibt nichts zu sehen. Scheißtraum.

Wir sitzen hinten in einer Kneipe am Place Blanche. Gloria ist fertig: nur zwei Freier in drei Tagen.

Sie sagt: «Ich bin's selbst schuld, ewig dicht, Scheiße. Und von den Freiern habe ich die Schnauze voll. Weißt du was? Ich möchte in einem feinen Restaurant essen, wo es Kellner mit Fliegen gibt, die kommen und sagen: ‹Kann ich Ihnen Ihren Nerz abnehmen, Madame?›... Und außerdem möchte ich...» Gloria ist voll, sie heult.

Ich sage: «Hör auf zu heulen, ich will nicht, daß du heulst.» Sie fragt, ob ich sie liebe.

«Natürlich liebe ich dich.»

«Und wie liebst du mich?»

«Tja, eigentlich wie eine gute Freundin, oder sogar mehr. Wie eine Schwester.»

Sie sagt: «Laß uns doch einfach abhaun, Schatz, ganz weit weg.»

Ich kremple meinen linken Ärmel hoch. Ich sage: «Leg deinen Finger mal dahin. Siehst du, das ist Rabat in Marokko. Wenn du weiter runtergehst, kommst du nach Casablanca, danach weiß ich nicht mehr.»

Sie rümpft die Nase: «Scheiße, da unten ist ja gar nichts mehr.»

Ich sage: «Klar, das ist ja auch der Atlantische Ozean. Da nehmen wir eben ein Schiff und fahren runter bis zum Kap und dann wieder hoch. Ich weiß nicht, was da alles liegt, aber auf jeden Fall ist das der Indische Ozean. Wir wohnen in schneeweißen Hotels mit Ventilatoren an der Decke. Es ist eine Bullenhitze, und wir verziehen uns ins Wasser. Und abends essen wir Hummer und saufen Schampus. Ich trage einen weißen Smoking mit roter Fliege und du ein Paillettenkleid, das Dekolleté kann deinen Busen kaum halten. Gut, wir fahren hoch bis nach Ägypten und weiter nach Algier, aber nicht mit der Metro nach Barbès, was? Algier, die weiße Stadt.»

Sie sagt: «Und die Falten da? Was ist das?» Ich antworte: «Ach nichts, Scheißfalten.»

Ihre Wimperntusche verläuft, ich bin bei meinem fünften Kir, alles fängt an, sich zu drehen.

«Gestern bin ich auch schon weit weg gewesen, mit dem Rotkopf und seiner Alten war ich bis Verdun. Eine nette Hochzeitsreise, kannst du dir denken. Es hat geregnet, alles war grau, man hat nichts sehen können. Aber es gibt da so und so nichts zu sehen. Denk dir nur! 14/18, die ganzen Kerls, und kein einziger Freier in den Schützengräben.»

Gloria wiehert vor Lachen. Wir wälzen uns auf der Kunstlederbank. Jetzt bin ich dran mit Heulen. Gloria hebt ihren Pullover, faßt meinen Kopf, drückt ihn zwischen ihre Brüste und sagt: «Komm, mein Kleiner, an die Mutterbrust.» Sie zieht den Pullover herunter, wiegt mich und singt: *«Schlaf, Kindchen, schlaf...»*

Es ist dunkel, weich und warm. Es riecht gut. Gloria parfümiert sich den Busen mit Rêve d'Or. Der Barmann schmeißt uns raus.

Spätnachts, die letzte Kippe. Die Neonlichter flimmern noch. Brötlein kommt aus der Klappe, sein Rücken ist gebeugt, fast wie ein Buckel. Auf seiner Plastiktüte steht der Name einer billigen Schuhmarke. Die Tüte hat Löcher, es tropft auf den Asphalt. Brötlein geht die Rue de la Chapelle entlang, ich folge ihm, es ist mein Weg. Er entfernt sich auf der Rue Marx-Dormoy. Ich denke, er kommt nirgendwoher und geht nirgendwohin. Vielleicht hat das Brot auch etwas von meiner Pisse aufgesogen.

Gloria glaubt, daß ich mir die Syphilis gefangen habe. Wegen der kleinen roten Flecken in meinem Gesicht. Ich frage sie, ob ich hinüber bin, aber sie sagt, daß es nichts macht: «Das ist eben deine Feuertaufe, du verbrennst dich einmal, dann ist es gut. Ich bin selber zweimal durch. Schau mich an! Bin ich etwa hinüber?» Die Untersuchung bestätigt die Syph, zweites Stadium, Ansteckungsgefahr bis zur ersten Spritze.

Ich suche mir einen Typ, der kein Freier sein soll. Ich finde ihn auf einer Klappe, in der Nähe der Rue de la Chapelle. Er sagt, daß wir zu ihm gehen können, daß seine Frau mit den Kindern in Ferien ist. Dann, auf ihrem Bett, schiebe ich ihm meinen Schwanz in den Arsch und vögle ihn brutal durch, bis ich komme und ihm eine Ladung Treponema in die Eingeweide spritze: Ich hasse die Kinder, ich hasse Schwänze.

Morgen die erste Spritze.

▮

Auf die erste Seite vom Heft zeichne ich zwei Linien für den Boulevard und, rechts am Boulevard, das Rund der Klappe. Über dem Boulevard noch zwei Linien für die oberirdische Metro. Die vier Linien laufen zusammen: Fluchtpunkt Clichy. Links die Schienen Richtung Gare du Nord.

Ich stelle mir vor, daß Nacht und deshalb alles grau ist, und um Grau zu bekommen, muß man Schwarz und Weiß mischen, aber das Blatt ist schon weiß, also male ich alles schwarz aus. Ein bißchen Blau über den Schienen. Ich wische mit meinem Finger über das Blau, damit es durchscheinender wird, aber es verteilt sich nicht. Es ist verpfuscht, ich nehme die nächste Seite.

Ich gehe in Richtung Anvers. Zwei Linien für den Boulevard, zwei Reihen Bäume und die Klappe (wie viele gibt es zwischen der Place de la Chapelle und Clichy? Vier? Fünf?). Es ist immer noch Nacht. Links kein Licht: die Mauern vom Collège Rollin. Rechts schon: Striplokale, Kneipen, Frittenbuden. Links und auch in der Mitte mache ich alles schwarz, ein bißchen Braun für die Bäume, etwas Blau über den Bäumen und gelbe Streifen für die Neonlichter. Ich spucke auf das Papier und reibe mit meinem Finger darüber, das Papier wirft sich. Es sieht aus wie eine Kinderzeichnung, nichts als kerzengerade Linien, wo ich doch das Runde liebe. Ich habe bestimmt nicht richtig geguckt, es gibt da sicher Kurven und auch Farben.

Sie spinnt doch. Man kann keine Farben erfinden. Was es nicht gibt, läßt sich nicht erfinden.

Ich lege das Heft und die Stifte wieder unters Bett und schiebe mit dem Fuß nach, damit nichts herausschaut.

Sie hätte mir besser eine Hose gekauft.

Es macht die Runde auf dem Boulevard: die Schnapsdrossel ist tot. Niemand erinnert sich daran, wann sie ihren Hintern zum erstenmal auf die Bank gesetzt hat. Sie war die Bank. Das ist alles. Die Kunstarsch ist fertig. Die Klappsitz sagt: «Zipp zipp» und spielt an ihrem Reißverschluß herum. Die Pustel hat sich erwischen lassen. Der Freier war kein Freier und auch nicht voll, es war ein Bulle. Die Pustel ist von der Place Pigalle bis zur Ecke Boulevard Barbès gerannt, der Bulle war schneller und hat sie mit dem Kopf gegen ein Auto geschlagen. Die Pustel ist zusammengesackt ohne einen Ton. Sie hat sich nicht gewundert, sie hat einfach den kürzeren gezogen. Nur ein bedeutungsloses Geräusch und ein bißchen Blut auf dem Blech.

Im Parkhaus, drittes Untergeschoß, warte ich, daß der Freier sich verzieht. Ich lehne meinen Kopf an die Betonmauer. Ich schließe die Augen und denke ganz fest an Farben: weiß, gelb, grün, blau, rot, braun, schwarz. Ich gehe zurück zum Boulevard.

Alain hat sie auf der Arbeit im Altersheim besucht. Er hat gesagt: «Ich heirate bald», also näht sie ein langes Kleid aus weißer Spitze für Adoracion.

Ich bekomme eine Einladungskarte zu der Hochzeit, die in irgendeinem Kaff in der Marne stattfindet. Sie bekommt nichts, also legt sie das Kleid mit Mottenkugeln in eine Schachtel. Und die Schachtel verstaut sie in einem Winkel ihrer Erinnerung.

Wir fahren mit dem Zug in die Marne, der Rotkopf hat seinen blauen Anzug und seine Clarks angezogen, Königin José hat mir einen grauen Anzug mit einer gelben Krawatte geliehen. Cricri trägt ein grünes Kleid, ihr Bauch ist schon dick, dadurch ist der Rock vorne kürzer, man sieht ihre mageren Knie. Sie hat eine weiße Jacke an und ein Stück Schleier auf dem Kopf.

Wir sind zu siebt im Rathaus, den Bürgermeister mitgezählt. Sie tauschen Ringe aus weißem Eisen, die Zeugen unterzeichnen mit einem Kreuz.

Cricri und Alain leben in einem Wohnwagen auf einem brachliegenden Gelände, weit weg vom Dorf. Der Wohnwagen ist zu klein, ein Bauer hat ihnen eine Scheune für das Hochzeitsessen gegeben. Die Alten von Cricri sind da, drei Vettern und die Trauzeugen. Cricri sagt: «Das ist mein Schwager und sein Mann.»

Im Hof vom Bauernhaus essen wir Schweinebraten und trinken viel Rotwein. Cricri legt eine Platte auf und sagt: «Du kannst ruhig mit deinem Freund tanzen. Uns hier ist das egal.» Also tanze ich mit dem Rotkopf einen Slowfox. Zum Nachtisch gibt es Erdbeeren in Wein aus einer großen Plastikschüssel. Alain ist glücklich. Wir haben nicht von ihr geredet.

Ich hatte Gloria versprochen, ihr alles zu erzählen. Beim fünften Kir beschreibe ich ihr das Kleid von Cricri: ganz schlicht, mit Blumen auf der Schleppe, und das Kleid von dem Mädchen, das die Schleppe trug: lang, aus weißer Spitze. Außerdem eine Menge Leute, schwarze Fliegen, tiefe Ausschnitte.

«Und die Eltern, wie waren die angezogen?»

«Ich habe dir schon gesagt, daß mein Bruder und ich Waisen sind. Also, in der Kirche spielte einer Orgel. Alle waren gerührt. Cricri hat so geflennt, daß sie nicht *ja* sagen konnte, und die Trauringe hättest du sehen müssen: geflochten! Na ja, nach den Fotos auf der Kirchentreppe sind wir in das erste Restaurant am Platz, und da gab es keine Fritten, Schätzchen, sondern Sachen, die ich noch nie gesehen habe; ich kann dir nicht mal sagen, wie die Speisen hießen. Und dann eine Wahnsinnstorte mit einem Brautpaar aus Zuckerguß oben drauf. Nachher wurde Musik gemacht, es hat ein richtiges Orchester gespielt, und ich habe mit dem Rotkopf getanzt, so voll war ich.»

Sie sagt, daß ihr der Busen weh tut von den Hormonspritzen.

«Scheiße, wenn das alles ist, was dir zur Hochzeit von meinem großen Bruder einfällt...»

«Sei mir nicht böse, mein Schatz, aber von Hochzeiten tut mir immer der Busen weh.»

Sie lehnt ihren Kopf an meine Schulter und sagt: «Wollen wir beide nicht heiraten?» Ich antworte: «Spinn nicht rum, du kannst doch keine Kinder kriegen!» Das findet sie nicht zum Lachen. Sie sagt: «Noch ein Glas, und dann gehen wir zur Arbeit.»

Die Nacht hängt in Stücken zwischen den Bäumen am Boulevard. Ich sage zu Gloria, daß es eine Nacht wie aus Spitzen ist. Sie hört mich nicht mehr. Schwankend geht sie in Richtung Place Blanche.

Das Auto bleibt auf meiner Höhe stehen, und der Typ fragt, ob ich einsteigen will. Er hat Ähnlichkeit mit dem Spanischlehrer, der in dem Behelfsbett bei uns geschlafen hat. Lang ist das her, schon so weit weg. Ich steige ein. Ich sage nicht meinen Preis, es klopft in meinem Bauch und meinem Kopf: die Ähnlichkeit und die Erinnerung.

Wir fahren lange, ohne zu sprechen. Bis zu einem verlassenen Parkplatz in der Vorstadt. Er holt seinen Schwanz raus. Ich lege ihm die Hand in den Nacken, ich habe Lust, diesen Mann zu küssen. Er sagt: «Nein, nein, blas mir einen.» Und er packt meinen Kopf und zieht ihn zwischen seine Schenkel. Er spritzt ab. Ich öffne die Wagentür, um auszuspucken. Hart sagt er: «Steig aus.» Er schaut gerade vor sich hin, ich steige aus, er fährt weg. Wie ein Trottel stehe ich auf dem Parkplatz, mit meinem Gefühl im Bauch und meiner Erinnerung. Ich bin meine Schultasche, abgestellt in dem Pissoir.

Der Glitsch sagt: «Hast du schon von Gloria gehört?» Ich sage: «Was gehört? Ich habe sie seit drei Tagen nicht gesehen.» Da sagt der Glitsch, daß Gloria sich mit Tabletten davongemacht hat, die Fette Francine hat den zusammengesunkenen Körper in ihrer Bude in der Rue Lepic gefunden. Er sagt: «Das arme Kind, ich habe sie gern gemocht, aber sie trank zuviel.» Er will mit mir mit, wir gehen ins Royal.

Ich glaube es nicht. Ich sage mir, daß sie nach Afrika abgehauen ist. Er sagt: «Steck dir einen Finger ganz tief rein.» Ich habe Lust zu lachen, denke an Verdun 14/18, wie Gloria im Paillettenkleid im Schützengraben anschafft. Der Glitsch wichst, ich soll mehr Finger nehmen, ich kriege den dritten nicht rein, mir tut der Arsch weh.

Er sagt: «Ich hatte es gern, wenn du Gloria gefickt hast, was! Du bist Gottes Gloria, los, sag es.» Ich habe plötzlich Lust auf eine Tüte Fritten. Ich rieche, daß er schwitzt. Ich sage ganz leise: «Ich bin Gottes Gloria, ich bin Gottes Gloria...»

Der Glitsch kommt, er heult.

Ich sage: «Das war das letzte Mal, daß ich dich mitgenommen habe. Du mußt dir einen anderen suchen.» Er sagt: «Wie du willst, mein Kind.»

Ich bleibe auf allen vieren, den Kopf zwischen den Händen, ich denke an Farben. Schwarz. Meine Fritten schmecken nach Scheiße. Sie riechen nach Parfum. Rêve d'Or.

Die Fette Francine sagt: «Wir haben dich schon gesucht, Mimi und ich, wir haben die Nase voll davon, daß du bei uns im Revier anschaffst. Jetzt, wo Gloria verreckt ist, geh uns gefälligst nicht mehr auf den Senkel!» Und Mimi sagt: «Zurück in die Klappe mit dir, schwuler Drecksack, du bist genauso abgewichst wie Gloria.» Ich klammere mich an die Theke vom «La Nuit», halte mich mit Mühe auf den Beinen. Ich sage zu der Fetten, sie soll sich zum Teufel scheren, und versuche, ihr eins in die Fresse zu geben, meine Finger bleiben in ihrer Perücke hängen, ich brülle vor Lachen – sie ist kahl. Mit ihren dikken Titten und ihren Cowboystiefeln. Sie beginnt, um sich zu schlagen, und kreischt: «Du elende schwule Sau, ich schmeiß dich hier raus, du Kotzbrocken, hilf mir, Mimi!»

Ich liege auf dem Bürgersteig, meine Nase blutet, ich schaffe es nicht aufzustehen, ich sehe Beine. Ein paar Leute um mich herum. Und dann den Stiefel von der Fetten Francine, die mich in die Gosse stößt: «Dreckiges Arschloch!» Und ich schreie: «Ihr elenden Bumsnutten!» Die Neonlichter spiegeln sich auf dem nassen Pflaster. Mein Spiegelbild in der Gosse sehe ich nicht.

Der Freier geht auf alle viere und sagt, daß er mein Hund ist, daß er mir die Füße lecken und mir gehorchen wird. Er sagt: «Schlag mir mit deinem Gürtel auf den Hintern.»

Ich schlage, aber nicht allzufest, er sagt: «Ich spüre nichts, hab keine Angst zuzuschlagen.» Da dresche ich mit voller Kraft auf den Hintern von dem Freier ein, ich drehe durch, eine Art Mordlust, lasse die Gürtelschnalle auf seinen Rücken und seinen Kopf niedergehen, die Haut platzt auf, sein Blut spritzt. Er schreit: «Du bist ja verrückt! Hör auf!»

Ich kann nicht aufhören, er krümmt sich vor Schmerzen. Er kriecht zu seinen Kleidern hin. Er schafft es, mit seinen Kleidern in der Hand wegzukommen, ich bin nah am Ersticken, auf meiner Hand und auf der Schnauze vom vergoldeten Löwen ist Blut.

Ich hole tief Luft, damit das Zittern aufhört. Ich sage

mir, daß das nicht ich bin. Das ist der Boulevard. Ich tauche wieder ein.

Ich kann nicht mehr ins Royal, das Geschrei von dem Freier und das Blut im Zimmer war ihnen zuviel. Auch egal, ich kriege sowieso keinen mehr hoch. Vielleicht ist das der Kir. Oder der Ekel.

Nur noch ein bißchen Blasen in den Parkhäusern. Und keine Verabredungen mehr in der Kneipe in Vincennes. Ich habe Angst, daß sie etwas ahnt, und ich will nicht, daß sie etwas ahnt. Sie wollte bestimmt irgend etwas sagen mit ihrer Geschichte von den erfundenen Farben, sie will immer etwas sagen, aber ich verstehe nichts, also sage ich am Telefon, daß alles in Ordnung ist. Sie fehlt mir.

Viel los bei der Klappe am Boulevard de la Chapelle: Typen, die warten, um zu pissen oder was anderes zu tun, und hinter mir einer mit braunem Anzug und grünem Rollkragenpullover. Wir schauen uns ein paar Sekunden lang an, ich warte nicht, bis ich drankomme, ich setze mich auf eine Bank, er folgt mir. Er bleibt nahe der Bank stehen und sagt: «Hallo, wollen wir irgendwo hingehen?» Er sieht nicht aus wie ein Freier, also sage ich: «Heute abend nicht, ich bin zu kaputt.» Er schlägt einen anderen Abend vor: «Übermorgen, wenn Sie wollen, am gleichen Ort.» Die Metro donnert über unsere Köpfe hinweg, ich schreie: «Einverstanden, bis übermorgen.» Ich gehe nach Hause, ohne Freier gehabt zu haben. Der Rotkopf schläft. Ich lege mich hin und denke an den anderen. An den Mann im braunen Anzug.

Er wartet bei der Klappe in einem weißen Sportwagen.

Er trägt einen schwarzen Ledermantel, und in seinem Auto riecht es gut. Er sagt: «Ich hatte Angst, daß du nicht kommst.» Ich frage: «Was ist das für ein Parfum?» Er antwortet, daß das *sein* Parfum ist: Chanel. Er sagt: «Ich heiße Stavros. Ich stamme aus Griechenland. Wollen wir ins Kino gehen?»

Das war ein komischer Film: Ein Typ, der eine ganze Familie vögelt, und sie werden alle wirr im Kopf, die Mutter wird Nymphomanin, die Tochter will sich umbringen. Der Sohn, das weiß ich nicht mehr, ich war beschäftigt, ich hatte den Schwanz von dem Griechen rausgeholt und wichste ihn sanft. Es gibt eine Szene in einem Bahnhof zwischen dem Vater und einem Stricher, nur ein Blickwechsel, und der Vater zieht sich aus und läuft splitternackt in die Wüste. Das Dienstmädchen schwebt mit ausgebreiteten Armen über einem Haus. Ich habe an Gloria gedacht. Sie schwebt vielleicht über einem Haus in Neuilly, in einem weißen, einem schneeweißen Kleid. Einem Kommunionkleid. Die Arme ausgebreitet.

Der Grieche fragt, ob mir der Film gefallen hat, ich sage, daß ich nicht viel kapiert habe, da muß er lachen und sagt, daß er's mir erklärt. Wir fahren ohne Ziel in Paris herum. Der Grieche streichelt beim Fahren meine Hand. Er sagt, daß er dreißig ist und Lehrer und daß er mit seinen Eltern in der Vorstadt wohnt. Er sagt auch, daß er noch nie mit einem Mann geschlafen hat und mit einer Frau auch nicht. Nur kleine Sachen auf die Schnelle, in Klappen, und dann fragt er: «Und du?» Da erzähle ich von dem Rotkopf, der Rue Cail und dem Anschaffen. Er sagt nichts, er hört zu. Es ist warm in seinem Auto, und dann der Duft. Ich schließe die Augen.

Wir fahren nach La Rochelle. Er parkt das Auto nahe beim Hafen, wir laufen herum, ich zeige ihm die Rue de la Rochelle und sage zu ihm: «Schau, da, im dritten Stock, da bin ich geboren, ich war ein riesiger Brocken, ich habe nicht durchgepaßt, man mußte sie aufschneiden, sie hat geschrien, das Blut spritzte bis an die Wände von dem kleinen Zimmer. Jojo war nicht da. Er hat sich irgendwo im Hafen besoffen. Es war 0 Uhr 45. Da hatte ich noch kein Alter.»

Auf dem Friedhof Saint-Nicolas zeige ich ihm das ovale Foto, in den Grabstein eingelassen.

Der Grieche sagt, daß er eine leerstehende Dachkammer in der Ecke vom Place de la République hat und daß wir da kurz mal hingehen könnten, aber nur, wenn ich will.

Wir legen uns auf ein altes, knarrendes Sofa. Es gibt keinen Strom, wir haben nur das Licht der Nacht. Wir küssen uns lange, ohne etwas zu sagen. Ich blase ihm einen. Er kommt. Ich habe meine Hose nicht ausgezogen, lohnt die Mühe nicht, ich kriege keinen hoch. Er hört nicht auf, mich zu küssen, und dann sagt er ganz leise, daß er mich liebt. Ich sage nichts, ich habe nichts zu sagen. Mir geht es gut. Er will, daß wir morgen zusammen essen. Verabredung am gleichen Ort. Bei der Klappe.

Die Tischdecken in dem griechischen Restaurant sind aus weißem Stoff, auf den Tischen stehen Kerzen. Er hat Bratspießchen und Retsina bestellt. Er sagt: «Verlaß den Rotkopf, ich werde dir die Dachkammer einrichten, du wirst dich wohl darin fühlen und den Boulevard vergessen.» Ich antworte: «Wenn du magst.»

Er fragt, wie der Rotkopf aussieht, also zeige ich ihm

das Foto, auf dem er noch ein Kind ist, in weißen Shorts und roten Sandalen. Ich weiß nicht, warum, aber ich habe immer dieses Foto bei mir, und der Grieche will, daß ich das Foto zerreiße. Ich halte das rothaarige Kind über die Kerzenflamme.

Ich sage zum Rotkopf: «Ich habe einen Typ kennengelernt, ich möchte mit ihm leben, nächste Woche gehe ich.» Er sagt, daß er immer gedacht hat, daß ich eines Tages gehen würde. Er will das Foto, ich antworte, daß ich es zerrissen habe. Er sagt: «Das hättest du nicht tun dürfen, man zerreißt kein Kinderfoto von einem Liebhaber.»

Bis zum Auszug sprechen wir nicht miteinander. Er geht zum Friseur und besprüht sich mit Lavendelwasser. Ich tue so, als ob ich nichts sehe und nichts rieche.

Eines Abends komme ich nach Hause, und ein Typ liegt im Bett, den Rotkopf eng umschlungen. Eine Tube Vaseline auf meinem Kopfkissen. Ich muß lächeln und schlafe mit der Tube in der Hand ein.

Der Rotkopf hat mich nie gefickt.

▮

Ich stopfe meine Sachen in eine Plastiktüte: Unterwäsche, zwei Hemden, ein Heft mit Zeichenpapier, eine Schachtel Zeichenkohle, kaum gebrauchte Stifte, ein Radiergummi. Ich gehe aus dem Zimmer, ohne mich umzudrehen. Ich bin neunzehn und für die Knete ist gesorgt.

Ein weißer Sportwagen wartet.

▮

Kleiner Bruder,

Du bist Onkel von einem sechs Pfund schweren Pummelchen. Ihr Name ist Cécile. Wenn du wüßtest wie ich mich mit meinen Kumpels besoffen habe. Komm bald vorbei und sieh sie dir an.

Wir grüßen dich.
Alain

Farben

Der Grieche hat die Dachkammer in der Rue Béranger hübsch eingerichtet, nichts fehlt, es hängen sogar Vorhänge am Fenster, und hat gesagt: «Du brauchst nicht zu arbeiten, ich werde dir Geld geben, es wird dir an nichts fehlen.»

Keine Freier mehr, ich vertrödle die Tage und verschlafe die Nächte. Ich habe Mühe, mich daran zu gewöhnen, in meinem Kopf ein großes Durcheinander. Ich schütte Kir und Wein in mich hinein, ich bechere gern, und wenn ich voll bin, vermischt sich alles: Tageslicht und Neonlicht, das Anschaffen und der Lehrer. Manchmal ein großes Nichts. Ein Abgrund, und ich fühle mich gut, tief unten im Abgrund.

Der Grieche hat gesagt: «Ich möchte dich nehmen.» Da habe ich ihn an meinen Arsch gelassen, ich habe nichts anderes zu geben, und wenn er mich vögelt, sagt er, daß er mich liebt. Ich hab den Griechen gern, aber nicht, wenn er mich vögelt.

Ich suche eine Klappe. Ich finde eine in einer Grünanlage an der Rue de Bretagne, und wenn der Grieche seine Nummer geschoben hat und in seine Vorstadt zurückgefahren ist, blase und wichse ich in der Rue de Bretagne. Egal wen, ich schaue nicht in die Gesichter, die sind mir gleichgültig. Ich lasse die Typen an meinem schlaffen Schwanz herummachen. Weniger aus Lust, sondern weil ich etwas brauche. Was ich brauche, weiß ich nicht. In der Rue Béranger spüle ich meinen Mund aus und wasche mir die Hände.

In das Heft, das sie mir geschenkt hat, zeichne ich mit Bleistift das Porträt des Griechen. Ich habe ein Foto als Vorlage. Besondere Mühe gebe ich mir mit den Schatten. Ich spucke nicht mehr auf das Papier, sondern mache die Schattierungen mit dem Bleistift. Die Zeichnung ist ihm ähnlich, ich sage zu ihm: «Das ist für dich.»

Er findet, daß ich einen guten Strich habe, und sagt, daß er Lust hat, mit mir zu schlafen.

Er vögelt mich und geht weg, ohne die Zeichnung mitzunehmen. Ich schiebe das Porträt in das Heft und verstaue es hinten im Schrank.

Der Hintergrund ist in klarem Gelb, Butterblume. In der Mitte der Leinwand ein kleines Kerlchen auf einem Hocker. Der Hocker ist grau, und das Kerlchen ist blau und nackt, ohne Details. Weder Augen noch Mund. Nichts. Gegenüber von dem Kerlchen noch ein Hocker, grau. Und leer.

Das Gelb ist nicht faßbar, das Blau auch nicht, die Farben sind ausgetauscht. Vielleicht ausgedacht von dem Kerlchen.

Er hat die Farbe von dem erfundenen Himmel angenommen. Er wartet.

Sie weiß nichts von dem Griechen. Ich rufe sie im Altersheim an und erzähle ihr von der Rue Béranger. Sie fragt, ob der Grieche arbeitet, ich antworte: «Kein Problem, er ist Lehrer, eine richtige Arbeit.»

«Und was ist mit der Bank?»

«Es hat nie eine Bank gegeben, ich habe dir Blödsinn erzählt, damit du dir keine Sorgen machst.»

Sie sagt, daß sie nie an diese Geschichte mit der Bank geglaubt hat: «Ich kenn dich doch, und mein kleiner Finger weiß alles.»

«Hör auf mit deinem kleinen Finger, dafür bin ich zu alt.»

«So, dafür bist du zu alt? Jedenfalls bin ich froh, ich konnte den Rotkopf wirklich nicht leiden.»

Alain hat ihr geschrieben, im Umschlag steckte ein Foto von Cécile: ein hübsches Mädchen, ganz der Vater. Und Adoracion hat seit zwei Monaten ihre Geschichten. Cricri kriegt schon wieder was Kleines.

Sie möchte mich gerne sehen, ich antworte: «Du, ich muß erst mal alle viere von mir strecken.» Das finde ich lustig. Wo ich doch nicht nur meine viere strecke.

Der Grieche zahlt mir jeden Donnerstag das Kino, er geht jeden Sonntag zur Messe, ich gehe jeden Abend auf die Klappe.

Er will, daß ich seine Familie kennenlerne, also sagt er: «Komm Sonntag zur Kirche, ich werde meinen Eltern erzählen, daß du ein ehemaliger Schüler von mir bist.»

Ich warte auf den Griechen und seine Alten vor der Kirche in der Rue Laferrière, nicht sehr weit vom Boulevard. Sie steigen aus dem Sportwagen, der Grieche sagt: «Das ist Mama, du kannst sie Yaya nennen, das heißt auf griechisch Großmutter, und das ist mein Vater, sag Papou zu ihm.» Er erzählt, daß ich ein Freund von ihm bin, ein ehemaliger Schüler. Ich sage guten Tag zu Yaya und guten Tag zu Papou. Yaya ist sehr breit, von vorne und von der Seite, und ihre Waden sind zweimal so dick wie meine. Papou ist sehr zierlich und elegant und hat silbergraues Haar. Yaya und der Grieche haben das gleiche Gesicht. Der Sportwagen hat nur zwei Türen, ich weiß nicht, wie Yaya da hinten rausgekommen ist.

Es ist ein verdammtes Durcheinander in der winzigen Kirche, die Leute reden laut, manchmal rufen sie, schimpfen sogar, dazwischen Kindergerenne und -geheul, und dann dieser Geruch nach Kerzen und Schweiß.

Der Grieche und seine Eltern stecken Kerzen an.

An den Wänden hängen bemalte Holztafeln, sie sind düster und sehen sehr alt aus. Der Grieche sagt, daß es Ikonen sind, daß er zu Hause zwei Dutzend davon hat, daß sie sehr wertvoll sind. Er sagt: «Das sind meine Brüder Georges und Constantin und Irène, die Frau von Georges.»

Georges sieht Yaya ähnlich, von vorne und von der Seite, er ist Klempner. Constantin sieht Papou ähnlich, er studiert Jura. Irène ist schwanger. Der Grieche macht die Kollekte (jeden Sonntag, und dann zählt er das Geld). Ich verziehe mich vor der Kollekte und warte in einer Kneipe bei einem Kir.

Ich bin eingeladen, nach der Messe bei ihnen in der Vorstadt zu essen, in Bobigny. Die Wohnung vom Griechen ist voll mit vergoldeten Möbeln. An den Wänden hängen Reproduktionen von Gemälden in riesigen vergoldeten Holzrahmen, doppelte Gardinen vor den Fenstern, roter Samt mit geflochtenen Kordeln: vergoldet, unten an den Kordeln sind Troddeln: vergoldet.

Georges macht mit Papou das Pferdetoto, Yaya bereitet das Essen vor, Constantin fragt mich, welchen Abschluß ich gemacht habe, der Grieche sagt, daß heute nicht der Tag ist, über Abschlüsse zu reden.

Auf unseren Tellern Spaghetti mit einer komischen Sauce: *Makkaroni Kima*, hat Yaya gesagt.

Papou hat eine salzlose Diät: das Herz, schon ein Infarkt, doch Papou streut trotzdem Salz über seine Makkaroni Kima. Yaya sieht es und schnauzt ihn an.

Ich mag Papou gern, er schummelt. Yaya ist zum Kotzen, aber ihre Makkaroni Kima sind lecker.

Heute werde ich zwanzig. Das ist nicht wichtig, aber ich habe trotzdem das Gefühl, etwas ist vorbei.

Der Grieche hat es vergessen, ich bin sauer. Wir gehen ins Restaurant, er fragt, ob ich einen Kir möchte. Aber ich habe keine Lust zu trinken. Er schaut mich an, als wäre ich fünfzehn. Es ist blöd, zwanzig zu sein.

In den großen Ferien nimmt er mich mit nach Griechenland, auf eine Insel in der Ägäis. Zusammen mit Yaya, Papou, Georges, Constantin, Irène, zwölf Koffern, Plastiktüten und Freßpaketen. Es war wie Karussellfahren, als die Kiste abgehoben hat, ich habe mich an meinem Sitz festgeklammert.

Und dann ein großer weißer Kahn. Alle haben gekotzt. Ich habe meinen linken Arm gestreichelt. Nun fuhr ich wirklich weit weg.

Es ist die Insel von Papou und Yaya: sie sind auf einem weiß-blau-schwarz-roten Kiesel geboren. Weiß die Häuser, Würfel eigentlich, alle gleich. Blau der Himmel ohne Wolken und das durchsichtige Wasser. Rot die Erde und die sonnenverbrannten Berge. Schwarz die Gewänder der Frauen. Der Grieche bringt mich im Hotel unter. Er pennt im Würfel von Yaya: ihre Mitgift bei der Heirat mit Papou. Wir verbringen viel Zeit im Wasser und ernähren uns von Makkaroni Kima und gegrilltem Tintenfisch, dazu trinken wir Ouzo.

Ich kriege wieder einen Ständer, bestimmt wegen der Hitze, der Grieche ist außer sich. Mein Sperma vermischt sich auf den weißen Hotellaken mit meinem Schweiß. Er sagt, daß dies das Land der echten Männer ist. Die Sonne verbrennt mich, ich denke nicht mehr an den Boulevard.

Auf dem Schiff nach Athen. Das Ding ist ein Saustall. Der Grieche will mir Ruinen zeigen: die Akropolis, ein alter Tempel auf einem Hügel. Er redet von einem Brauch, hinter der siebten Säule des Tempels; er sagt: «Ich erklär's dir später.»

Wir müssen klettern, ich komme um vor Hitze. Oben

auf dem Hügel nur Steine und Touristen. Der Grieche zieht mich hinter die siebte Säule und gibt mir einen tiefen Zungenkuß. Dann sagt er: «Das ist der Brauch, alle Verliebten küssen sich hier, das bringt Glück.» Ich sage: «Ziemlich blöd, dieser Brauch, und laß meine Hand los, die Leute gucken ja schon.» Ich habe meinen Schatz verärgert, er ist sauer.

Aber er möchte trotzdem ein Souvenir von uns beiden auf der Akropolis, wir lassen uns also auf einem Stück Säule fotografieren. Mein Arsch auf einer Ruine.

Ich arbeite. In einer Versicherungsagentur, der Grieche ist mein Chef, er hat das Gymnasium gegen Policen getauscht.

Ich bin mit Schreibkram beschäftigt, das vertreibt die Zeit, außerdem ist das Büro nicht weit vom Bois de Vincennes. Nicht weit vom See. Am Ufer ist eine Klappe.

Irène bekommt ihr Kind: ein Junge. Der Grieche möchte, daß ich Pate von dem Kleinen werde, er meint, daß ich die Gelegenheit nutzen und mich gleich selber orthodox taufen lassen könnte, es würde ihm so eine Freude machen, mein Pate zu sein. Sich vom eigenen Paten bumsen lassen, das hat was, ich sage: «Warum nicht?»

Der Pfaffe hat das Kleine in ein Becken mit Öl und Wasser getaucht. Jemand rief laut «Ein langes Leben», und das Kind fing an zu heulen. Und dann bin ich dran. Tante Hélène, die Schwester von Yaya, ist meine Patin. Weil sie selbst keine Kinder gekriegt hat, tauft sie nach

Kräften, schon ein gutes dutzendmal oder mehr, sie weiß es nicht mehr so genau. Tante Hélène ist Yaya ähnlich, nur in noch breiterer Ausführung, ihre Haare sind rabenschwarz gefärbt und sehr hoch toupiert. Sie hat ein enganliegendes weißes Kleid an, im Rücken ausgeschnitten, und viel bunten Schmuck: Anhänger, Armbänder, Halsketten, Ringe. Aber alles Modeschmuck. Die Tante hat ein Lokal an der Place de la République gepachtet und viel Knete, aber sie mag nur Modeschmuck, Taufen und Hochzeiten.

Der Pfaffe liest aus einem griechischen Buch vor, ich verstehe kein Wort. Ich muß auch etwas sprechen, aber ich habe den Text vergessen, der Grieche sagt mir vor, aber es ist zu kompliziert, schließlich spricht er für mich. Der Pfaffe sagt, daß ich für das Becken zu groß bin. Mit dem Finger tut er Öl auf meine Stirn, meine Wangen und mein Kinn. Ich werde geküßt, meine Patin sagt, daß ich sie jetzt Nana nennen muß, und der Grieche sagt: «Ich bin dein Nono.»

Niemand hat «Ein langes Leben» gerufen. Das Kleine brüllt immer noch.

In Bobigny findet wegen der Taufe ein Essen statt: Makkaroni Kima, Weinblätter, Ziegenkäse, Retsina... und dann die Nana. Die ganze Zeit hört man nur sie. Sie sagt, daß ich jetzt, wo ich Grieche bin, jeden Sonntag in die Messe gehen muß, daß ich vor der Kommunion fasten muß, daß die Kommunion sehr wichtig ist.

Mit der Zeit und dem Wein fängt sie an, mir auf die Nerven zu gehen. Ich sage zum Griechen: «Das ist das erste Mal, daß du meine Nana bist.» Plötzlich ist es still, der Grieche stammelt, daß ich etwas verwechsle: Nana, das wäre die Patin, Nono, der Pate.

Nono bringt mich in die Rue Béranger. Er sagt, daß er froh ist, daß die Familie mich mag; er will mit mir schlafen. Er hat getrunken, fickt mich rücksichtslos, ich sage: «Langsam, du tust mir weh.» Er entschuldigt sich: «Und jetzt, tut es jetzt immer noch weh?»

«...»

«Ist dir klar, daß ich dein Pate bin? Bist du froh? Sag mir, daß du froh bist.»

«Ich bin froh, daß du mein Pate bist, das ist nett.»

Nono hat mir ein schönes Geschenk gemacht: eine Goldkette mit Kreuz. Ganz einfach. Er kommt.

Der Himmel über dem steinigen Weg ist blau, ein paar Wolken am Horizont, auf der Linie des Horizonts steht eine Kirche. Ein Weg führt von der Kirche weg in den Vordergrund, verliert sich dort im steinigen Boden. Am Ende steht ein Pfarrer mit Soutane, auf dem Kopf einen runden Hut. Er hält einen Fotoapparat, er wird ein Foto machen, er ist bereit.

Er erwartet den Fall des Mannes, der stark ist und nackt. An den Armen des Mannes sind Flügel befestigt. Rote Flügel aus Papier oder Stoff. Zerrissen. Das Objektiv ist auf den Boden gerichtet: Der Pfarrer weiß Bescheid. Er will den Beweis der Unmöglichkeit des Unternehmens. Der Pfarrer könnte die Arme helfend ausbreiten, den Aufprall abmildern. Es ist ihm egal.

Nichts auf der Linie des Horizonts außer der Kirche und einigen Bäumen. Und die Steinwüste. Und womöglich kein Film in der Kamera.

Nana schaut mich seltsam an. Sagt mir, daß sie kein Kind hat, daß sie nie eins hat haben können. Sie möchte mich gerne adoptieren. Ich antworte ihr, daß ich keine Waise bin. Ich kenne mich mit Blicken aus, ihrer läßt keinen Zweifel. Mit meiner Patin fühle ich mich ziemlich komisch.

Papou ist tot: das Herz hat nicht mehr mitgemacht. Verbraucht. Ich begleite Nono in das Untergeschoß vom Krankenhaus. Ein Mann öffnet eine Schublade und holt Papou aus dem Kühlschrank. Ich will die Haut des Alten berühren, sie ist kalt und hart. Wie Kerzen in der Kirche. Überall weiß: das Tuch über Papou, der Kittel von dem Mann, die Schublade des Kühlschranks. Nono weint, ich kann nicht traurig sein, vielleicht wegen dem Weiß...

Nana hat ein schwarzes Kleid mit einem Saum aus schwarzen Schleiern angezogen. Ihr Schmuck ist schwarz, aber trotz allem hat sie ihre Mähne toupiert. Yaya ist auch in Trauer, ihr Kleid ist aus rauhem Stoff. Ihre Haare sind von einem schwarzen Kopftuch bedeckt. Die beiden sitzen auf dem Sofa, sie schreien und heulen, jede auf ihre Weise. Nana hebt die Arme und beugt sich vor, wenn sie schreit, Yaya schlägt sich auf die Brust und rauft sich die Haare. Sie reißt sie büschelweise aus.

An diesem Abend, dem des Begräbnisses, bin ich total geil, ich lecke Nono überall ab, ich blase ihm einen, brauche viel Spucke dabei, pflanze mich auf seinen Schwanz, stöhnend. Es kommt mir so stark wie an jenem sehr fernen Abend im Park, als ich meine Lippen öffnete, um einen Mann zu küssen, den ich nie wiedergesehen habe.

Der Hintergrund des Bildes ist blau, dunkel auf der linken Seite, fast weiß auf der rechten. Vier Stühle sind darauf.

Der erste ist dem Dunkelblau zugewandt. Ein rosa Schal hängt von der Rückenlehne auf den geflochtenen Strohsitz. Das ist der Frühling.

Den zweiten sieht man von vorne, das Holz ist heller, der Schal ist gelb, nachlässig auf der goldfarbenen Sitzfläche abgelegt. Der Sommer.

Der dritte ist leicht dem Sommer zugewandt, das Holz ist dunkel, der Schal braun, ordentlich über die Lehne gelegt. Herbst.

Der vierte ist schwarz, der Sitz ist zerfleddert, der Schal liegt auf dem Boden. Hingeworfen. Der Stuhl ist dem weißen Licht zugewandt. Das ist schon der Winter.

Yaya hat eine Frau für Nono gefunden. Sie heißt Paula, ist Griechin, Stewardeß und sehr gebildet und hat ziemlich reiche Eltern.

Sie ist schon dreißig Jahre alt und will nicht als alte Jungfer enden – Nono ist vernarrt in Kinder, er wollte immer eigene Kinder haben, also haben sie sich geeinigt.

Nono sagt, daß es keine *richtige* Heirat ist, daß Paula über ihn und mich Bescheid weiß. Er sagt, daß ich der

Nono seiner Kinder sein werde, und auch, daß er mich liebt. Ich verstehe gar nichts mehr.

Yaya hat alles für die Verlobung vorbereitet: Kaffee, Türkische Früchte, Rosenkonfitüre, Samos. Die Eltern von Paula sind da, und die Familie von Nono. Nana ist sauer. Sie hat die Verlobten nicht zusammengebracht, obwohl doch sie dafür zuständig ist. Schließlich hat sie schon zwei Neffen, drei Nichten, sieben Nachbarinnen und den Kellner, der in ihrem Laden arbeitet, erfolgreich unter die Haube gebracht.

Nachdem Yaya den Kaffee serviert hat, verzieht sie sich in die Küche, um dort das Meßbuch zu lesen. Seit dem Tod von Papou ist sie sehr gläubig. Der Pfaffe ist da, er gibt den Verlobten seinen Segen, Nono schenkt Paula einen Ring mit einem Smaragd, drumrum Brillanten.

Paula ist ziemlich versnobt, sie will keinen türkischen Kaffee, sondern schwarzen Tee mit Milch. Sie sagt: «Mein lieber Stavros, Ihre Ikonen sind fantastisch, ein wahrer Schatz, und dieser Smaragd, was für ein Feuer!» Paula ist groß und schön. Sie ist zum Kotzen. Nana stopft Türkische Früchte in sich hinein, und bei jedem Stück rasseln ihre vielen Armbänder. Sie beugt sich zu meinem Ohr. Sie sagt, daß sie ein passendes Mädchen für mich gefunden hat: ihre Nichte Maria, die in Australien lebt und diesen Sommer nach Griechenland kommt. Sie hat keine Mitgift, aber eine schöne Aussteuer, sie ist fleißig und wird mir bestimmt gefallen. Kleine Stückchen von Türkischen Früchten landen in meinem Ohr.

Nana ist immer noch in Trauer, aber für die Gelegenheit hat sie ein schwarzes Kleid mit weißen Querstreifen angezogen. Ich finde, das macht sie dick. Sie sitzt neben Maria. Maria sitzt neben Kalliope, ihrer Mutter.

Nono und ich haben uns für die Vorstellung in Schale geworfen. Ich habe meine Haare glattgemacht, ein durchscheinendes Hemd und meine weiße Jeans, in der man meine *Teile* gut sieht, angezogen. Nono ist schlichter: granatrotes Hemd, rosafarbene Hose. Meine Kette mit dem Kreuz habe ich nicht vergessen. Meine Verlobte wartet.

Nana hat Maria ein paar Schmuckstücke geliehen: Armbänder, Halsketten und einen riesigen Ring mit einer riesigen Kugel aus geschliffenem Kristall. Sie hat ihre Nichte so frisiert wie sich selbst: sehr hoch toupiert und Zierlocken auf Stirn und Wangen. Sie hat einen Haufen Farbe im Gesicht: blau auf den Augenlidern, fast violettes Rot auf den Lippen, Schönheitsfleck auf der rechten Backe.

Kalliope lächelt in ihrem blauen Kleid mit gelben Blümchen. Sie ist Nana ähnlich, das gleiche Format, aber Kalliope ist weicher. Wie eine blau gefleckte Türkische Frucht. Ich frage Nono, ob sie eine Hautkrankheit hat, er antwortet: «Ich glaube nicht, das ist bestimmt ihre Gesichtscreme.»

Maria ist klein und zierlich: sie muß ihrem Alten ähnlich sein, der in Australien geblieben ist. Ihr Kleid ist witzig: weiß, mit einer großen schwarzen Schleife auf jeder Schulter.

Die Frauen unterhalten sich, und Nono übersetzt: die nervenden Touristen, wie der warme Wind die Feigen in ihrer Gegend reifen läßt, die Hitze. Wir trinken türkischen Kaffee und essen Trauben, Nana blinzelt mir zu, was heißen soll, daß alles klargeht.

Ohne zu wissen, warum, habe ich einfach ‹ja› zu der Verlobung gesagt. Nana hat sich um alles gekümmert, und jetzt ist ihr Würfelhaus voll mit Leuten; die Familie, Nachbarn, die Kinder aus dem Viertel, die Großmutter von Nono, die ihr ganzes Geld in schwarze Strümpfe stopft, alterslos. Sie kann zwar nicht mehr gut sehen, aber dafür rechnet sie im Kopf Drachmen in Dollars, Francs oder Mark um. Nana hat ein schwarzes Kleid mit weißen Federn auf den Möpsen an, eine Feder trägt sie im Haar.

Diesmal habe ich eine weiße Hose an, die nicht ganz so eng ist wie meine Jeans, und ein weißes, stark tailliertes Hemd. Nono trägt ein rosafarbenes Hemd und eine granatrote Hose. Maria hat ein Kleid mit gelber Spitze angezogen, auch eng in der Taille, die Nähte krachen bei jeder Bewegung, und ihre Mähne ist so hoch toupiert, daß man durchgucken kann.

Ein Pfaffe segnet uns. Ich stecke einen Ring an den Finger von Maria, einen Saphir, den Nono gekauft hat. Nana hängt uns eine Kette mit Kreuz um den Hals. Natürlich nicht echt. Jetzt gibt sie mir Zeichen, meine Verlobte zu küssen, *daran* hatte ich nicht gedacht. Ihre weichen Lippen und dann diese Schminke... Unbemerkt wische ich mir den Mund ab.

Es gibt Makkaroni Kima, Weinblätter und Honigkuchen. Wir trinken Retsina und Bier. Die Männer rülpsen, Nana stopft sich mit Türkischen Früchten voll, ich habe Lust auf Nonos Schwanz. Bestimmt wegen der Hitze oder dem Retsina. Nono ist zufrieden. Bald sind wir Vettern.

Maria fliegt nach Australien zurück, um ihre Koffer zu packen. Wir begleiten sie zur Anlegestelle, langsam geht sie an der Seite von Nana. Nono und ich folgen, Kalliope in unserer Mitte.

Kalliope hat mit der Schminke übertrieben, die auf ihren Wangen verläuft, als sie weint, und Maria hat Lippenstift an den Zähnen. Nana trägt ein Zwanziger-Jahre-Kleid mit Fransen in Kniehöhe. Wir küssen uns zum Abschied. Ich habe Krümel auf den Backen und Violett auf den Lippen.

Der große weiße Kahn legt ab. Auf dem Oberdeck blinkt etwas: der Kristallring von Maria.

▮

Maria ist in Bobigny, für die Heirat, die in einem Monat stattfinden soll. Ich bin deprimiert. Ich sage zu Nono: «Keine Ahnung, wieso ich das gemacht hab, wie soll ich die denn je schwängern, wo ich schon fast kotzen muß, wenn ich sie küsse, was soll das denn dann im Bett geben. Du mußt irgendwas machen, denk dir irgendeine Geschichte aus, Krankheit oder meinetwegen Impotenz... Wie wär's, sag ihr, ich bin schon verheiratet.» Nono ist am Ende, sagt, daß das eine Katastrophe ist, daß er nicht weiß, wie er da rauskommen soll. Ich antworte, daß mir das scheißegal ist: «Sieh zu, wie du das regelst, oder ich hau ab...»

Nono hat es hingekriegt. Er erzählt mir: Es war völlig still in der Wohnung, wie wenn alles tot wäre. Maria hat auf dem Sofa gesessen und geweint. Nana hielt ihr die Hand, weinte auch. Zum erstenmal ist sie gescheitert. Ich frage Nono, ob sie sich vor die Brust geschlagen oder sich Haare ausgerissen hat, er antwortet: «Das nun wieder nicht, sie haben mir die Geschichte mit der unheilbaren Krankheit nicht abgenommen, aber ich glaube, Nana hat schon jemand anderes für Maria gefunden, einen älteren Junggesellen, in zwei oder drei Monaten könnte wohl Hochzeit sein.»

Ich sage zu Nono: «Siehst du, soviel Schiß brauchtest du gar nicht zu haben.» Er sagt, daß ich wohl nicht ganz bei Trost bin, daß seine Brüder mich fertigmachen wollen, sogar Marias Brüderchen unten in Australien, der herkommen will, um das zu erledigen.

Mir kommt die komische Vorstellung von Kalliope und ihrer Schmink-Krankheit in den Kopf, und wie die durch Tränen verschmiert wird. Nono sagt: «Das ist nicht besonders witzig. Ist dir klar, in welcher Scheiße ich deinetwegen sitze?»

Das Bild gefällt mir: Nono bis zum Hals in meiner Scheiße. Bis auf weiteres kann ich mich in Bobigny nicht blicken lassen, in der Kirche auch nicht. Macht nichts, die Makkaroni Kima konnte ich sowieso nicht mehr sehen. Außerdem hab ich auch nie an Gott geglaubt. Das war eher ein Scherz.

Paula hat sich in einen Piloten verliebt. Nono löst die Verlobung und läßt sich den Smaragd zurückgeben.

▮

Ein Mann im Park, in der Nähe des Sees, mit einer Plastiktüte in der Hand. Ich folge ihm, die Tüte macht mich neugierig.

Er lehnt an einem Baum, holt aus der Tüte einen Dildo raus. Ich drücke ihm die Arschbacken auseinander und führe das Ding ein, vorsichtig, wie einem Kind das Thermometer. Ich weiß, daß sie da sind, hinter den Bäumen und Büschen. Ich lasse den Dildo über seine ganze Länge langsam in ihn eindringen. Sie kommen. Ein Dutzend, vielleicht mehr. Ich wichse sie an, blase ein paar, führe die Schwänze in den Arsch von dem Mann ein, der immer noch an dem Baum lehnt.

Ein Typ hält sich abseits, er ist groß, trägt einen Bart, ich glaube, seine Augen sind blau, er macht nicht mit, er schaut zu. Ich will, daß er mitmacht. Ich gehe zu ihm hin, will ihm zwischen die Beine fassen. Er weicht zurück, ich verstehe nur einen Teil von dem, was er sagt.

Ich höre Worte wie: «morbid», «depraviert» und dann noch «arme Sau».

Ich gehe zurück zum Baum, schiebe mir das Ding in den Arsch.

In meinem Wörterbuch gucke ich nach:

MORBID: krank, kränklich: *morbider Zustand.* Bezeichnet ein krankhaftes, depraviertes Ungleichgewicht: *depravierte Phantasie.*

DEPRAVIERT: verdorben: *depravierte Sitten.* Pervers, entartet.

«Arme Sau» habe ich nicht nachgeschlagen. Das kannte ich schon.

Es gibt kein Entrinnen mehr: Nono hat mir einen Telefonanschluß in die Bude legen lassen.

Er sagt: «Gestern abend habe ich angerufen, du warst nicht da, und die letzten Abende auch nicht.»

Ich erzähle ihm nichts von der Anmache im Park. Sage ihm, daß ich die Nacht liebe und deshalb spazierengehe.

«Und außerdem habe ich die Kinodonnerstage verdammt satt, ich habe auch keine Böcke mehr drauf, gefickter Arsch zu sein.»

Er sagt, daß er mich liebt und mich deshalb fickt, ich frage, warum er sich nicht ficken läßt, er weiß nicht, was er antworten soll. Sagt, daß er nichts mehr begreift, daß er mir alles gegeben hätte, mich aus dem Dreck geholt hätte. «Denk da dran.» Ich erinnere mich. Es hat sich nichts verändert. Die Leere.

Ich schreie: «Verpiß dich!»

Und ich verpisse mich auch. Ich habe Lust auf einen Arsch. Ich laufe zum Park.

Nono bietet Geld, aber nicht seinen Arsch, und kauft sich mit seinem Geld meinen Arsch. Ein paar Tage lang bin ich sauer und lasse ihn nicht an das Objekt seiner Begierde. Er sagt, daß er mir eine Reise nach New York schenkt, um mal andere Luft zu schnappen. Ich bin nicht mehr sauer und lege mich auf den Bauch.

Und man wird schwindlig davon, wie von einem Tiefschlag: die Wolkenkratzer (wie riiiesige Schwänze), man muß den Kopf in den Nacken legen, um ein Stück Himmel zu sehen, und an der Wurzel der Schwänze der Times Square und die 42. Straße, schwärzer als der Boulevard zu Hause, und der Asphalt ist grauer.

Neonlichter, und unter den Neonlichtern die Stricher, Anmache. Lust, hier zu sterben, namenlos an einer drekkigen und vollgesprühten Mauer. Nono hat Angst. Er sagt, es ist verkommen und gefährlich, er will weg, ich will bleiben, wir streiten uns. Ich sage, daß er nichts begriffen hat, daß *hier* etwas wirklich existiert, ein richtiges Leben, auf diesen rissigen Mauern. Er begreift es nicht. Fragt, ob ich getrunken habe, ich sage ihm, daß er ein Arschloch ist, und schreie: «Ich liebe diese Mauern, nichts als diese Mauern!»

Nono hat seine Kiste vor einer Klappe abgestellt, gesagt: «Nur mal zum Ausprobieren, für'n schönen Abend», und gefragt, ob ich einverstanden bin. Ich habe geantwortet: «Warum nicht?»

Ich warte im Auto. Nono kommt mit einem Typen aus der Klappe. Er sagt: «Wie wär's mit einem Schluck in der Rue Béranger?» und fickt den Typen auf dem Teppich in meiner Bude. Dann will er an meinen Schwanz, ich kriege keinen Ständer und sage: «Gib dir keine Mühe.» Ich weiß nicht warum, aber es stört mich, wenn ich ihn jemand anderes bumsen sehe, und außerdem hat nur Nono mal wieder seinen Teil gehabt. Ich bin sauer.

Nono verändert sich. Das Parfum: schwerer, süßlicher Duft. Klamotten: weniger unauffällig, buntere Farben, Seidenhemden. An seinem kleinen Finger: ein riesiger Diamant.

Eine rote Mauer. Aggressives Rot, die Mauer ist voller Graffiti, ein Mädchen sitzt an der Mauer auf dem gesprungenen Asphalt.

Ihre Haare fallen offen, sie sind sehr gelockt. Ihr Gesicht ist hart, fast männlich, sie hält eine Zigarette zwischen den Fingern. Ärmelloses Unterhemd, verwaschene Jeans. Nackte Füße.

Die Graffiti sind Vornamen von Männern mit Nummern von New Yorker Straßen:

LOLLY POP 135

SMOCKY I BO 27

CAY 161

TONY 190

ACID IV DABY 3

Auf dem rechten Arm hat das Mädchen eine Tätowierung: Vorname, Nummer und Titel. Selbst verliehen, oder von jemand anderem:

QUEEN EVA 62

Vielleicht ist es die Wächterin der Graffiti oder eine zweite, eine lebende Mauer.

Vielleicht wartet sie am Rande ihres Reviers, kampfbereit.

Oder das Gesicht von CAY, TONY, DABY *und den anderen.*

Sie ist die Königin der 62. Straße, aber die Mauer ist woanders. Ich weiß nicht, wo.

Sie sagt: «Komm mal im Altersheim vorbei, ich habe eine Überraschung für dich.» Im Altersheim, in einem leeren Zimmer, an die Wände gelehnt: Bilder. Ihre Bilder.

Sie sagt: «Das ist sie, die Überraschung.» Dann schweigt sie. Sie wartet. Ich gehe durch den Raum. Frauenporträts in sehr lebhaften Farben, die Haut der Frauen ist niemals blaß. Sie lächeln. Ich sage: «Das ist schön, woher kannst du so was?» Sie antwortet, daß sie das selbst nicht weiß, sie macht es nach Gefühl, gelernt hat sie es nie. Sie sagt, daß sie lange braucht, die Farben auszusuchen, und wenn das Bild fertig ist, ist sie ganz glücklich, etwas geschaffen zu haben, das es vorher nicht gab. Nur in ihrem Kopf. Ich sage ihr, daß ich niemals solche Sachen hinkriegen könnte. Sie antwortet: «Solche Dinger wirst du auch nicht machen, deine werden viel besser sein...»

Da ist ein kleiner ungepflegter Garten, ein verwilderter Garten mit einem Bassin in der Mitte, und in der Mitte vom Bassin ein Gipsengel. In dem Bassin schwimmt eine schmutzige Brühe, Seerosen treiben um den Engel herum. Hinten im Garten ein verfallenes kleines Haus. Ich habe die Adresse in einem Telefonbuch für Paris/Umgebung gefunden. Fräulein Chameron, Unterricht in Zeichnen, Pastell- und Ölmalerei.

Sie reicht mir nicht bis zum Ellbogen, ein hageres Fräulein mit strähnigen, grauen Haaren. Sie hat einen kleinen Buckel und Gichtknoten auf den Fingern, die in alle Richtungen verdreht scheinen. Das Fräulein ist so alt wie ihr Häuschen, doch ihre Augen sind strahlend blau. Das Fräulein lächelt die ganze Zeit und wird niemals laut.

Im Atelier sieht es wild aus: überall Staffeleien und an den Wänden Gipsköpfe und Gemälde vom Fräulein. Riesige Bilder voller Farben, Blumensträuße, Landschaften, Gärten, Wälder. Das Bassin mit dem Engel: in der Sonne, im Schnee. Der Engel von vorne, von der Seite, von hinten.

Sie gibt mir ein paar Kohlestifte, einen Lappen und ein Blatt Papier und stellt mich an eine Staffelei. Sie nimmt einen Gipskopf von der Wand: ein weinendes Kind. Manchmal korrigiert sie einen Schatten oder einen Strich, eine geschwungene Linie. Sie sagt, daß man Farbe mit Schwarz und Weiß machen muß. Schatten, Licht, Schattierung, ihr knotiger kleiner Finger auf dem Gesicht von dem weinenden Kind.

Voltaire, die Negerin von Carpaux, ein Gladiator, eine Badende, das Fräulein ist zufrieden mit mir.

Ich habe eine Schachtel Pastellstifte und Aquarellpapier gekauft, das Fräulein hat drei Vasen auf den Tisch gestellt.

Sie verbessert einen Schatten, eine Rundung, das Licht auf dem Porzellan. Sie sagt, daß man etwas aus mir machen kann, «wenn der Teufel nicht ein Eichhörnchen ist». Und wenn ich selbst das Eichhörnchen bin?

Die Vasen kommen hinter Glas und werden mit einem Holzrahmen versehen.

Im Altersheim sage ich: «Das ist für dich, zum Geburtstag.» Sie nimmt sich zusammen, um nicht zu heulen. Sie sagt, daß sie das Bild über dem Buffet im Eßzimmer aufhängen wird.

Cricri hat ihr zweites. Noch ein Mädchen: Alice.

Wir gehen donnerstags nicht mehr ins Kino. Wir hängen in Schwulenkneipen rum, trinken Whisky, viel Whisky, mir schmeckt er, er zieht schneller durch als Wein und Kir. Ich halte mich an den Theken fest. Nono gibt irgendwelchen Typen einen aus, die Durst haben, aber keine Kohle, um was zu trinken. Nono ist sehr großzügig.

Nono vernachlässigt das Objekt seiner Begierde, er kommt nicht mehr in meine Bude in der Rue Béranger, außer manchmal in Begleitung. Ich schaue zu und warte, bis ich das Bett frisch beziehen kann.

Nono steckt dem Gelegenheitsfick immer einen Geldschein in die Tasche.

Nono ist jetzt fett und aufgedunsen. Er sagt, daß er die verlorene Zeit nachholt. Er verbraucht sein Leben, und ich mag das verbrauchte und aufgedunsene Leben von Nono. Jetzt endlich ist er mir ähnlich.

Doch Nono sagt, daß er mich liebt. Das begreife ich nicht mehr.

Ich kaufe ein paar Tuben Farbe, drei Pinsel und zwei Leinwände. Ich male drei Köpfe auf einem steinigen Boden, die Augen sind leer, die Schädeldecke ist abgeschnitten.

Der Himmel ist in den Köpfen, er strömt aus den aufgeschnittenen Schädeln.

Ich schließe die Augen, um mir die Farben vorzustellen. Ich mische die Farben nach Gefühl, zögere, verteile die Paste auf der weißen Leinwand. Nono kann sich nicht halten vor Lachen. Er sagt, daß ich noch kein Leonardo bin. Ich frage: «Wer ist denn Leonardo? Auch so einer von deinen Typen?»

«Leonardo da Vinci, du Hohlkopf, und außerdem ist es morbid, ich würde *so was* nicht an meine Wände hängen.»

Ich habe Lust, Nono eine zu scheuern, aber Nono hat recht: es ist wertlos und morbid. Ich werde nicht mehr zum Fräulein gehen. Das bringt nichts. Ich zerstöre die Leinwand.

Nono hat einen Geliebten, groß, dunkel und Tunesier. Er heißt Jamel, aber Jamel ist schmutzig, er stinkt, deshalb nenne ich ihn Gammel. Er ist kein Geliebter für eine Nacht, der mit einem Schein in der Tasche verschwindet, er ist ein ständiger Geliebter mit einem Zimmer in der Rue Charlot, nicht weit von der Rue Béranger. Nono geht jeden Abend in die Rue Charlot. Nono kauft einen blauen Porsche, um mit Gammel herumzuziehen. Er sagt auch, daß Gammel aus dem Knast kommt, drei Jährchen für bewaffneten Raubüberfall, also hilft er ihm ein bißchen: «Aber weißt du, es ist nichts zwischen uns, er ist nur ein Kumpel.» Nono will mich für dumm verkaufen, also schreie ich: «Ein Kumpel! Da wett ich doch meinen Arsch drauf! Das is 'n Stricher, den du fickst!! Willst du den vielleicht auch taufen? Warum wirst du nicht Moslem, dann könntest du dich von deinem Paten ficken lassen, ist das keine gute Idee?»

Er sagt, daß ich dummes Zeug rede. Das kann sein, ich bin ganz schön voll. Ich schlage Nono mit der Faust ins Gesicht. Er reagiert nicht. Ich möchte, daß er irgendwas sagt, daß er schreit oder mich schlägt, aber Nono schweigt. Sein Blick ist woanders.

Ich mache noch eine Flasche Whisky auf und gieße uns ein Glas ein. Das Auge von Nono wird rot. Auf Nonos Veilchen!

Gammel ist nicht treu, er bumst Mädchen und sagt, daß er sich nichts aus dieser fetten griechischen Tunte macht, er fickt sie nur für den Zaster und den Porsche. Gammel ist vulgär.

Nono merkt, daß Gammel ihn mit Mädchen betrügt, und das kann er nicht vertragen. Nono sind Mädchen zuwider. Nono ist verliebt und unglücklich, also trinkt er. Ich trinke auch, um Nono und seinen untreuen Gammel zu vergessen.

Marie wohnt in der Rue Béranger. Wir gehen oft zusammen in den Kneipen im Viertel einen trinken. Marie ist dreißig, ihre Schultern sind sehr breit, und ihre enormen Titten brauchen einen BH, aber Marie schämt sich, in ein Geschäft zu gehen und ihre Größe zu sagen, also läßt sie es. Sie hat eine Hakennase, keine Lippen, und ihre Zähne stehen sehr weit auseinander. Alle ihre Zähne. Maries Beine sind sehr dünn, keine Waden. Sommer wie Winter trägt sie schwarze Hosen und ein schwarzes Cape mit einem riesigen Kragen, den sie hochschlägt, um ihre Fresse zu verstecken. Marie ist nicht häßlich. Sie ist monströs. Sie weiß das, und es ist ihr egal. Ihr Traum: schwanger werden.

Gammel erzählt dauernd, daß er jedes Loch fickt, sogar ein «Skelett mit Haaren» würde er bedienen. Monster-Marie sagt, daß sie keine Männer findet, die sie durchziehen und schwängern.

Ich sage zu Gammel: «Sie ist ein bißchen häßlich, aber sehr nett, die läßt dich gleich ran.»

Ich sage zu Monster-Marie: «Er ist groß, dunkel, sieht gut aus, das klappt bestimmt. Sag mir, wenn du soweit bist.»

Ich habe das Bett frisch bezogen und die Kissen aufgeschüttelt. Das wäre nicht nötig gewesen. Monster-Marie hat sich auf dem Teppich ausgestreckt. Sie wartet. Gammel kommt lächelnd ins Zimmer, sein Lächeln erstarrt.

Ich bringe was zu trinken, um Gammel aufzumöbeln, der Whisky tut ihm gut. Ich küsse Monster-Marie auf den Mund und sauge an den Spitzen ihrer enormen Brüste. Gammel hat seine Hosen runtergelassen, er macht an sich rum, um einen hochzukriegen; er hat Schwierigkeiten damit.

Meine Zunge zwischen den Schenkeln von Monster-Marie.

Es funktioniert, Gammel kriegt einen Steifen.

Monster-Marie hat sich mit einer billigen Seife gewaschen, es brennt auf meiner Zunge. Ich verschwinde im Badezimmer. Ich spüle meinen Mund aus und warte.

Schwankend laufe ich durch den Park. Ich kann nicht kotzen, aber mich auch nicht mehr aufrecht halten. Ich lehne mich an einen Baum und sacke nach unten.

Sie kommen, ich weiß nicht, wie viele, ich sehe sie nur verschwommen. Ein Karussell in meinem Kopf. Kirmes.

Auf meinem Körper Hände, die mir die Klamotten ausziehen.

Es muß kalt sein, aber ich spüre nichts.

Nur ein Schmerz zwischen meinen Beinen.

Mein Gedächtnis läßt mich im Stich. Koma.

Feuchtkalter Morgen. Ruhig. Auf meinem Körper überall weiße Krusten. Sie haben mir meine Hosen gelassen, meine Jacke kann ich nicht finden.

Ein bißchen Blut zwischen meinen Beinen. Bloß nicht heulen. Sich einfach hassen.

Syphilis ist wiedergekommen: zweites Stadium. Schade, Nono fickt mich schon seit ein paar Stadien nicht mehr. Ich hätte ihm gern ein paar Treponema überlassen. Nur ein paar, wie ein Geheimnis zwischen der Syph und mir.

Ich gehe unter. Ich klammere mich an Nono, aber Nono geht auch unter. Ich weiß nicht, ob ich es bin, der Nono runterzieht, oder er, der mich fertigmacht – sicher bin ich es. Ich verratze alles, ich habe immer alles verratzt, auch Nono war am Anfang doch eigentlich ganz gut drauf. Solide. Ich könnte abhauen, alleine weitermachen, aber was, wie? Wieder auf den Boulevard? Manchmal vermisse ich den Boulevard, da habe ich mich an nichts festgehalten, es war einfacher.

Und dieser Fickarsch von Tunesier, er muß einfach ein Fickarsch sein, Nono läßt sich nicht bespringen, dieses faule Loch muß sich bumsen lassen. Sein Arsch ist sicher total dreckig, ich habe mir immer den Arsch gewaschen, bevor Nono mich gebumst hat. Auf dem Boulevard hatte ich auch ein sauberes Loch, außer am Schluß, als ich im Angebot war.

Ich bin nur ein Haufen Dreck. Und in meinem Bauch diese Scheißangst, Tag und Nacht, plötzlich kommt sie, ohne Warnung, und warum heule ich, ich heule die ganze Zeit, ohne Grund, und warum zittern meine Hände?

Ich erzähle alles dem Arzt: Nono, die Angst im Bauch, das Heulen und Zittern, mein Hirn, das mich verarscht. Er hilft mir nicht, er gibt mir Tropfen und Tabletten. Mit Whisky zusammen gibt das einen netten Cocktail, ich penne im Gehen, und Nono und Gammel und ich, das tut nicht mehr so weh.

Monster-Marie ist schließlich schwanger. Sie ist glücklich und fast schön. Sie fragt mich, ob ich Pate des Kleinen sein will. Ich schreie fast vor Lachen. Ich sage nicht nein, ich sage: «Mal sehn.» Ich lade sie zu einem Schluck in die Rue Béranger ein.

Ich habe Champagner gekauft, Teegebäck und eine grüne Plastikschürze mit rosa Blümchen. Auf dem Teppich: Monster-Marie, Nono, Gammel. Ich habe Nono und Gammel nicht gesagt, daß wir zu viert sein würden, und alle schweigen. Ich habe die Schürze angezogen und hantiere in der Küche rum: die Kekse auf einen Teller, vier Gläser auf ein Tablett.

Der Korken knallt, Champagner spritzt. Ich biete Kekse an, gebe Kiekser von mir, und Nono fragt, was denn wohl gefeiert wird, Gammel ist etwas blaß um die Nase, Monster-Marie stopft die Kekse in sich rein, ich sage, daß ihr das in ihrem Zustand guttut. Ich lege eine alte Single auf: Lucienne Boyer *Plaisirs d'amour*, ich liebe dieses Lied. Ich gieße Schampus ein und eröffne Nono, daß er in ein paar Monaten Yaya wird.

Ich erzähle von den Brustspitzen von Monster-Marie, von dem Hänger zwischen Gammels Beinen, von der billigen Seife.

Nono guckt Gammel an. Böse. Er steht auf und verzieht sich ohne ein Wort, und Gammel läuft wie ein Hund mit eingeklemmtem Schwanz hinterher. Ich denk mir, daß es Ärger geben wird zwischen den beiden.

Monster-Marie sagt, daß ihr das mit der Seife schon etwas peinlich war. Und daß ich komische Freunde habe. Die Kekse hängen ihr zwischen den Zähnen. Ich hebe das Glas: «Auf Yaya!»

Es hat wohl tatsächlich Ärger gegeben: Ich sehe weder Gammel noch den Porsche in der Rue Charlot. Nono war sauer auf mich, er fand diese ganze Szene nicht gut, und dann war ich wieder seine Nummer Eins. Oder eher seine ständige Begleiterin in den Schwulenbars und Discos. Die Burschen von Nono, der Diamant von Nono, wie er im Neonlicht aufblitzt. Und sein starrer Blick, wie betrunken. Etwas frißt ihn auf.

Im Auto küsse ich ihn, ich habe plötzlich Lust auf ihn, meine Hand landet zwischen seinen Beinen. Er schiebt sie weg: «Gib dir keine Mühe, ich kriege keinen Ständer mehr.»

Sein Schwanz ist tot. Seine Lippen auch.

Er fährt für ein paar Tage weg, allein auf die Antillen. Er sagt: «Um mich auszuruhen. Und um nachzudenken. Du wirst mir fehlen, ich schreibe dir.» Und ein komisches Aufblitzen in seinen starren Augen.

Ein Brief aus Martinique: drückendes Wetter, feuchte Hitze. Er hat lange nachgedacht, er will mit mir wieder von vorne anfangen, wir wollen bei seiner Rückkehr darüber reden. Er schreibt auch, daß er mich liebt. Stavros.

Dort ist es noch sehr früh, in Pointe-à-Pitre, vielleicht sechs Uhr morgens, seine Telefonnummer im Hotel.

Gammel nimmt ab: «Wir sind spät ins Bett heute, er schläft, ich kann ihn jetzt nicht wecken.»

Auf allen vieren am Boden, den Kopf zwischen meinen Händen, schreie ich. Nur noch schreien.

Er hat mir ein Souvenir aus den Tropen mitgebracht: eine Machete in einer Lederscheide. Er hat nicht von dem Brief gesprochen. Ich mag nicht mehr schreien.

Die Hosen runterlassen, die Beine breitmachen, Mund und Arsch anbieten. Ein Gemisch aus Abgespritztem und Scheiße, ich beschmutze mich, um zu vergessen.

Ich wanke die Treppen der Rue Béranger hinauf. Sehnsucht nach einer langen Nacht ohne Erinnerungen. Ich lege mich auf den Boden, letzter Cocktail. Koma.

Der Hintergrund ist sienafarben, wie verbrannt. Sonst nichts. Unten, in der Mitte vom Bild, ein Totenkopf. Es fehlen ihm Zähne, man könnte meinen, er lächelt.

In der leeren Augenhöhle eingehängt ein Orden: eine Tapferkeitsmedaille. Sie hat keine Bedeutung, ich hätte auch was anderes malen können: einen Geldschein, ein Foto oder gar nichts.

Oder einen Vornamen auf den gelblichen Stirnknochen.

Sie schiebt das Kopfkissen hoch und sagt, daß sie seit drei Tagen vorbeikommt, aber ich hätte geschlafen. Sie setzt sich auf einen Stuhl und legt ihre Hand auf das weiße Laken. Fragt, ob ich Ärger habe. Ich habe keinen Ärger, ich fühle mich nur nicht wohl in meiner Haut.

«Ich weiß, mein Großer, es ist bestimmt nicht immer einfach, aber es gibt einen Haufen Männer, die diese Art Leben gut hinkriegen.»

«*Diese Art Leben* ist nicht das Problem, in meiner Haut geht es mir eigentlich auch nicht schlecht, es ist im Bauch, da ist es wie eine große Leere. Schon damals in der Avenue du Maine. Mit dem Rotkopf habe ich weniger dran gedacht, aber mit dem Griechen ist es wiedergekommen, und ich habe einen Haufen Scheiß gemacht, unsaubere Sachen, ekelhaft, um mit ich weiß nicht was fertig zu werden. Du verstehst bestimmt kein Wort, aber ich kann's dir nicht besser erklären.»

Sie sagt, daß sie versteht. Daß sie diese Leere in der Magengrube auch schon gespürt hat. Wenn es zu schlimm war, dachte sie nicht mehr an sich, sie dachte dann an uns.

Sie sagt: «Wenn's mal nicht geht, dann denk an mich, und mach dir nichts draus, eines Tages wirst du lieben, früher oder später liebt jeder einmal. Hab Geduld.» Woher weiß sie, daß ich noch nie geliebt habe?

Sanft streichelt sie meine Hand. Sie sagt: «Versuche etwas zu wollen, versuch es wirklich.»

Sie gibt mir einen Kuß auf die Stirn und sagt, daß sie mich liebt. Draußen ist schönes Wetter, die Sonne scheint. Frühlingssonne. Sie will morgen wiederkommen.

Der Grieche wartet im Porsche. Wir sprechen nicht, ich halte mein Gesicht in die Sonne, die durchs Glas scheint.

An einer roten Ampel legt er seine Hand in meinen Nacken, ich steige aus dem Auto, ich will seine Hand nicht mehr in meinem Nacken. Niemandes Hand, ich will alleine weitergehen. Da sind Farben auf den Leuten und auch auf den Mauern. Selbst das Grau vom Asphalt ist kein Grau. Den Kopf leer machen, die Augen schließen und sich andere Farben ausdenken. Etwas schaffen, das es nirgendwo sonst gibt: vor dem gelben Hintergrund der Leinwand sitzt in der Mitte des Bildes ein kleines blaues Kerlchen auf einem grauen Hocker.

Gammel heiratet demnächst eine Maus, die er auf den Antillen kennengelernt hat, der Grieche hat einen Neuen gefunden, einen Stricher aus der Gegend vom Pigalle, Monster-Marie ist nach Spanien gefahren, um ihren Bankert in der Sonne zur Welt zu bringen. Lebensfetzen, vier Stühle vor blauem Grund.

Ich hab zu dem Griechen gesagt: «Ich haue ab, woandershin. Ich habe ein Atelier in einer kleinen Straße beim Bahnhof.» Er fragt nach: wie das mit der Knete ist und was ich in dem Atelier machen will.

Zur Knete habe ich gesagt: «Meine Mutter.»

Zum Rest habe ich nichts gesagt.

So was wie eine Prozession auf der Leinwand. Eine dicke Frau in schwarzem Kleid, mit schwarzem Haarknoten. Sie hält eine Schultasche in der linken Hand. Hinter ihr ein Junge in grauem Kittel. Er geht mit gesenktem Kopf, er trägt eine Eselsmütze. Vor seiner Brust hängt ein aufgeschlagenes Schulheft. Der Himmel ist gelb, die Häuser des Dorfes sind braun. Es gibt nur drei Farben auf der Leinwand. Fast wie ein vergilbtes Foto. Rechts ein sitzender Hund. Er schaut dem Jungen und der dicken Frau zu, wie sie vorübergehen. Der Hund ist ein Bastard.

Der Junge ist gewachsen. Er sitzt auf einer Treppe, einen grauen Lappen in der linken Hand, mit der er sich auch an einer Geländerstange festhält. Die rechte Hand liegt auf einer Stufe. Die Treppe windet sich hoch, das Geländer verliert sich in einem Licht. Vielleicht eine geöffnete Tür. Die Wände und auch die Treppe sind braun, sehr dunkel. Die Haut des Jungen ist weiß: Gesicht und Knie.

Er schaut mich an.

Der Junge lehnt an einer Wand, die Hände hinter seinem Rücken. Das Gesicht im Profil, der Junge blickt einen Mann in weißem Hemd an. Der Mann von vorne, er ist kräftig, er reckt die geballte Faust und schaut den Jungen mit hartem Blick an.

Die Wand ist dreckig gelb. Fetzen von Tapete.

Ein schwaches Licht zwischen Junge und Mann. Es beleuchtet die Faust. Der Blick des Jungen ist eine Herausforderung.

Die Nacht ist sehr dunkelblau, aber nicht in einem Ton. Nachtfetzen. An beiden Seiten des Bildes massige schwarze Formen, klar geschnitten. Über die Länge der Formen bilden gelbe Punkte ein Wort: HOTEL.

Ein Hintergrund ohne Dichte, Farben ohne Farbe: eine Mauer. Auf dieser Mauer Graffiti:

FRIEDEN FÜR VIETNAM
US GO HOME
CHARONNE
ICH HASSE ALLE GAMMEL-DRECK-PROLOS

In der Mauer ist ein Riß, schwarz.

Die Finger vom Jungen sind sicher schwarz von der rissigen Mauer.

Er dürfte um die fünfzehn sein, er liegt auf einer Pritsche. Er steckt in einer grauen Kluft, die Füße sind nackt, die Augen geschlossen. Er schläft nicht, er träumt. Die rechte Hand hat er in die geöffnete Hose geschoben. Das Bild ist rechteckig, es steht hochkant, der Junge liegt am Boden des Rechtecks.

Hoch in der Mauer der Zelle eine Lichtöffnung. Sie beleuchtet die Hand des Jungen.

Wieder eine Mauer, bleich. Eintöniges Licht. Zelle. Der Junge von der Seite, er trägt ein weißes Hemd. Hinter ihm ein anderer, etwas älterer Junge, schwarze Lederjacke. Sein Gesicht ist hart, er zieht den Jungen im weißen Hemd aus.

Sie sehen sich nicht ähnlich, aber sie kennen sich.

Ein Austausch zwischen Schwarz und Weiß. Vielleicht ein Bekenntnis.

Die Körper sind beleuchtet, der Grund ist dunkel. Ein Stück Bettlaken, verknittert.

Den Mann sieht man von hinten, faltige Haut, weiße Haare, er fickt den Jungen. Man errät, daß er ihn fickt, das Gesicht des Jungen ist verzerrt, es tut ihm weh. Es könnte ein Kampf sein, aber es ist kein Kampf, es ist eine Initiation. Die Körper sind blaß, aber das Gesicht des Jungen ist geschminkt.

Es ist Nacht. Blau, fast schwarz. Im Vordergrund der Junge, von vorne. Hinter ihm ein Mann mit Kappe. Man kann sein Gesicht nicht gut sehen, es verliert sich in der Nacht.

Das Gesicht des Jungen ist nur von einer Seite beleuchtet. Halboffener Blick, schräg. Er weiß den Mann hinter sich, er wird sprechen, etwas vorschlagen.

Der Junge wartet, er weiß, was der Mann vorschlagen wird.

Im Hintergrund die Nacht, und in der Nacht: gelbe, blaue, weiße Punkte, gerade Linien: die Neonlichter.

Glossar

Charonne: Pariser Metrostation, wo 1962 bei der Auflösung einer Demonstration gegen den Algerienkrieg acht Menschen getötet wurden.

Conciergerie: Altes Gefängnis im Zentrum von Paris, an den Justizpalast anschließend.

Der große Duduche: Comicfigur von Cabu.

Humanité: Tageszeitung der KPF.

Huma-Dimanche: Sonntagszeitung der KPF.

Idéal-Standard: Hersteller von Sanitäreinrichtungen.

Morbihan: Französisches Departement in der Bretagne.

Nana: Im Griechischen: ‹Patin›; im umgangssprachlichen Französisch: ‹Mädchen›, ‹Frau›.

Nounou: ‹Amme› in der Kindersprache.

Nous les garçons et les filles: Jugendzeitschrift der KPF.

OAS: *Organisation de l'Armée Secrète*; von nationalistischen Algerienfranzosen und Mitgliedern der französischen Algerienarmee 1961 gegründete Geheimorganisation, die durch Terror im Mutterland die algerische Unabhängigkeit zu verhindern suchte.

Paname: Argot-Wort für Paris.

Poitou: Westfranzösische Region südlich der Bretagne.

Tataouine: Ort in Tunesien, während der französischen Herrschaft Strafkolonie.

Villa: Bezeichnung für eine Stichstraße, die den Namen der Straße trägt, von der sie abgeht.

Armistead Maupin

Armistead Maupin, 1944 geboren und Journalist von Beruf, kam Anfang der siebziger Jahre nach San Francisco. 1976 begann er mit einer Serie für den «San Francisco Chronicle», die in den USA zu einem Riesenerfolg wurde und das Material lieferte für sechs Romane - die heute schon legendären «Stadtgeschichten ». In deren Mittelpunkt steht die ebenso exzentrische wie liebenswerte Anna Madrigal, 56, die ihre neuen Mieter gern mit einem selbstgedrehten Joint begrüßt. Unter anderem treten auf: Das Ex- Landei Mary Ann, der von Selbstzweifeln geplagte Macho Brian, das New Yorker Model D'orothea und San Franciscos Schwulenszene. All den unterschiedlichen Menschen, deren Geschichte erzählt wird, aber ist eines gemeinsam: Sie suchen das ganz große Glück.

Stadtgeschichten
Band 1
rororo 13441

Mehr Stadtgeschichten
Band 2
rororo 13442
«Maupins Geschichten lassen den Leser nicht mehr los, weil sie in appetitlichen Häppchen von jeweils circa vier Seiten gereicht werden und man so lange ‹Na, einen noch› denkt, bis man das Buch ausgelesen hat und glücklich zuklappt.» *Der Rabe*

Noch mehr Stadtgeschichten
Band 3
rororo 13443

rororo Literatur

Tollivers Reisen
Band 4
rororo 13444
«Nichts ist schlimmer, als die steigende Zahl der Seiten, die das unweigerliche Ende des Romans ankündigen.» *Hannoversche Allgemeine Zeitung*

Am Busen der Natur
Band 5
rororo 13445

Schluß mit lustig
Band 6
rororo 13446
«Ein Kultroman.» *Die Zeit*

«Es ist merkwürdig, aber von jedem, der verschwindet, heißt es, er sei hinterher in San Francisco gesehen worden.» *Oscar Wilde*

Rowohlt im Kino

John Updike
Die Hexen von Eastwick
(rororo 12366)
Updikes amüsanten Roman über Schwarze Magie, eine amerikanische Kleinstadt und drei geschiedene Frauen hat George Miller mit Cher, Susan Sarandron, Michelle Pfeiffer und Jack Nicholson verfilmt.

Hubert Selby
Letzte Ausfahrt Brooklyn
(rororo 1469)
Produzent: Bernd Eichinger
Regie: Uli Edel
Musik: Mark Knopfler

Alberto Moravia
Ich und Er
(rororo 1666)
Ein Mann in den Fallstricken seines übermächtigen Sexuallebens – erfolgreich verfilmt von Doris Doerrie.

Paul Bowles
Himmel über der Wüste
(rororo 5789)
«Ein erstklassiger Abenteuerroman von einem wirklich erstklassigen Schriftsteller.»
Tennessee Williams
Ein grandioser Film von Bernardo Bertolucci mit John Malkovich und Debra Winger

John Irving
Garp und wie er die Welt sah
(rororo 5042)
Irvings Bestseller in der Verfilmung von George Roy Hill.

Alice Walker
Die Farbe Lila
(rororo neue frau 5427)
Ein Steven Spielberg-Film mit der überragenden Whoopi Goldberg.

rororo Unterhaltung

Henry Miller
Stille Tage in Clichy
(rororo 5161)
Claude Chabrol hat diesen Klassiker in ein Filmkunstwerk verwandelt.

Oliver Sacks
Awakenings – Zeit des Erwachens
(rororo 8878)
Ein fesselndes Buch – ein mitreißender Film mit Robert de Niro.

Ruth Rendell
Dämon hinter Spitzenstores
(rororo thriller 2677)
Rendells atemberaubender Thriller wurde jetzt unter dem Titel «Der Mann nebenan» mit Anthony Perkins in der Hauptrolle verfilmt.

Marti Leimbach
Wen die Götter lieben
(rororo 13000)
Das Buch zum Film «Entscheidung aus Liebe» mit Julia Roberts und Campbell Scott in den Hauptrollen.